風花の露

無茶の勘兵衛日月録18

浅黄 斑

時代小説

二見時代小説文庫

風花《かざはな》の露——無茶の勘兵衛日月録18

目次

『風花《かざはな》の露——無茶の勘兵衛日月録18』の主な登場人物

落合勘兵衛《おちあいかんべえ》……越前大野藩《えちぜんおおのはん》江戸詰の御耳役《おみみやく》。新妻園枝《そのえ》と露月町の町宿で暮らす。

園枝《そのえ》……勘兵衛の新妻。越前大野藩大目付の娘。

松田与左衛門吉勝《まつだよざえもんよしかつ》……越前大野藩の江戸留守居役。落合勘兵衛の上司。

松平但馬守直良《まつだいらたじまのかみなおよし》……越前大野藩藩主。国帰りの途上に倒れ江戸に戻るが、病に勝てず没す。

松平直明《まつだいらなおあきら》……松平直良の嫡男。幼名を左門《さもん》。父の死により幕府より襲封を許される。

稲葉美濃守正則《いなばみののかみまさのり》……酒井大老と対立している老中。越前大野藩に好意的。

酒井雅楽頭忠清《さかいうたのかみただきよ》……幕府の大老。越前大野藩にとって天敵のような存在。

小栗美作《おぐりみまさか》……越後高田藩《えちごたかだはん》筆頭家老。越前大野藩、大和郡山藩本藩《やまとこおりやまはん》へ次々と謀略を図る。

新高八次郎《にいたかはちじろう》……勘兵衛の若党。

落合藤次郎《おちあいとうじろう》……勘兵衛の弟。兄の縁で大和郡山藩本藩に仕官をし目付となる。

日高信義《ひだかのぶよし》……大和郡山藩本藩国家老の側用人。藩主暗殺を企む支藩の動きを追跡。

菊地兵衛《きくちひょうえ》……増上寺の掃除番と名乗る大目付直属の黒鍬《くろくろ》者

比企藤四郎《ひきとうしろう》……福井藩を脱藩して松平直堅《なおかた》家の設立に奔走。

伊波利三《いなみとしぞう》……勘兵衛の親友。松平直明の付家老として目を光らす。

塩川七之丞《しおかわしちのじょう》……勘兵衛の幼き頃よりの親友にして、妻・園枝の兄。

越前松平家関連図（延宝6年：1678年7月時点）

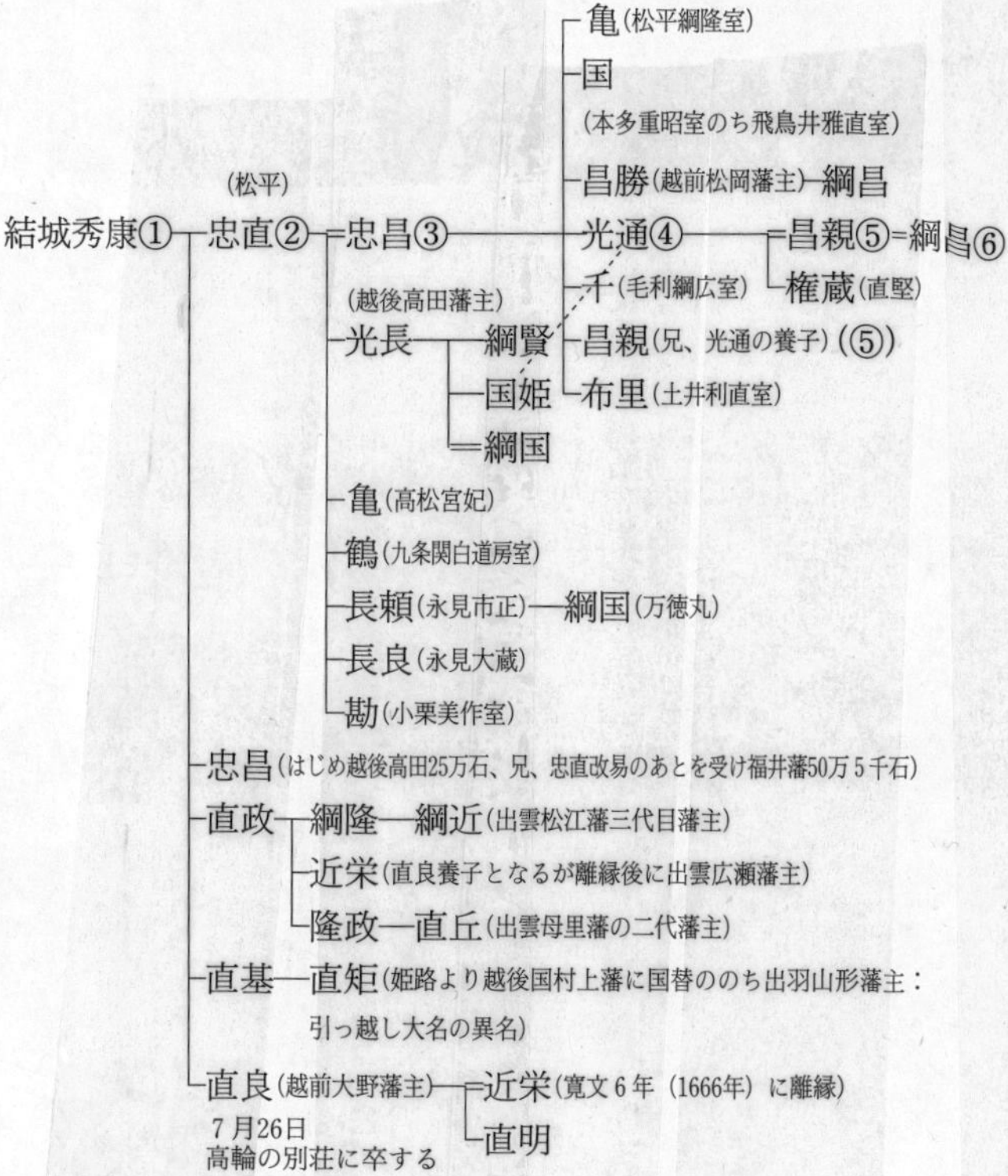

註：＝は養子関係。○数字は越前福井藩主の順を、------は夫婦関係を示す。

寒蟬鳴《ひぐらしなく》

1

六月も終わりに近づくと、いよいよ夏の果て。江戸の町に吹く風も、どこぞに秋の気配が感じられる。

愛宕下《あたごした》・越前大野藩《えちぜんおおのはん》江戸上屋敷の庭の池では、ほろほろと蓮《はす》の花が開きはじめた。

そのころ当主である松平但馬守直良《まつだいらたじまのかみなおよし》は、嫡男夫妻が暮らす芝《しば》・高輪《たかなわ》の下屋敷において、病の床についていた。

この年、延宝《えんぽう》六年（一六七八）の初夏四月九日、直良は国帰りの行列を仕立てて、この上屋敷を発駕《はつが》したのであったが——。

まずは川崎宿《かわさきしゆく》の田中本陣に到着、翌日には次の宿泊先となる藤沢《ふじさわ》宿本陣に向けて行列を進める。

その日、東海道道筋は雲ひとつない上天気で日差しも強く、気温が容赦なく鰻登《うなぎのぼ》りとなっていった。

それで藩主を乗せた黒漆塗網代駕籠《こくしつぬりあじろかご》を担ぐ陸尺《ろくしやく》（駕籠舁《かごかき》）はもとより、随行する家士や陪臣《またもの》、はたまた渡り徒士《かち》にいたるまで、汗にまみれる道中となった。

七十五歳、という高齢のせいもあったろう。

また前年には、国許《くにもと》において直良は風邪《かぜ》をこじらせ、定められた期日より、半年ばかり遅れた冬十月になって、ようやく江戸参府を果たす、という健康状態にあった。

つまりは、本人や周囲が思っていた以上に体力が回復していなかった。

そんなところに高温の異常気象があって、なおかつ風通しの悪い駕籠の内……供回りが気づいたとき、すでに直良は失神状態にあった。

いうところの暑気あたり……現代でいう熱中症であるが、特に高齢者にとっては命取りともいえる症状である。

幸い侍医が応急処置を施したのち、駕籠を飛ばして藤沢宿の本陣に運び、夜を徹しての介抱の結果、直良はようやくに意識を取り戻した。

だが、それ以上、無理をおしての道中を続けるわけにはいかない。

そこで直良を、所縁《ゆかり》ある鎌倉《かまくら》・雪の下、鶴岡《つるがおか》二十五坊のひとつ、安楽院《あんらくいん》に移して静養させることにした。

大野藩江戸留守居役である松田与左衛門《まつだよざえもん》と、その部下である落合勘兵衛《おちあいかんべえ》には、その日から息もつけないほどの多忙な日常が待ちかまえていたことになる。

なにはともあれ御用番《ごようばん》（月番老中）に、事の次第を届け出ると同時に、若ぎみである松平直明《なおあきら》の病気見舞願いを提出したのちも、次から次へと幕閣はじめ、各方面への連絡事務などもろもろで、てんてこ舞いを演ずる仕儀となった。

その後の病状は一進一退であったが、意識が明瞭となったとき、直良は嫡男の直明や近習を枕元に呼び寄せた。

そして言った。

――すでに我が命運も尽きたようじゃ。そこで皆の者に申しつける。我が亡骸《なきがら》は京《きょう》に運び、東山《ひがしやま》の禅林寺《ぜんりんじ》に葬るようにいたせ。

と――。

この命令により、とりあえずは直良を、雪の下から高輪《たかなわ》の下屋敷に移したのが今月の一日、だが、思いのほか直良の生命力は強靭であった。

この十四日には、御書院番頭《ばんがしら》の松平内匠頭乗利《たくみのかみのりとし》が、将軍名代《みょうだい》の上使として病気見舞に遣《つか》わされたが、直良は確かな声音《こわね》で答礼をしたという。

――案外に……。

江戸留守居の松田が、勘兵衛に漏らす。

――ずいぶんと長引いてはおるが、いずれは快癒なされるかもしれんなあ。

――はあ。わたしも、そのように感じております。いや、そう願っております。

と、勘兵衛も肯《うべな》った。

国帰りの途中で倒れてより、すでに二ヶ月半余りも経っている。

とても命運が尽きた、とは思えぬのであった。

若ぎみの直明は、勘兵衛と同い年の二十三歳。

この、たった一人の嫡男に、直良が七十五歳という高齢になっても隠居せず、跡目を譲ろうとしなかったのには訳がある。

というのも今でこそ、ずいぶんとおとなしくはなったが、町娘に手を出したり、踊り子たちを引き連れて芝の海岸で大騒ぎを演じたり、と直明は、数々の烏滸《おこ》の沙汰《さた》（おろかな行動）を引き起こしていた。

それで越前大野の嫡男《わか》は、かなりの呆者《うつけもの》と、内外のみならず幕閣にまで届いている始末である。

なかんずく、偽名を使っての新吉原《しんよしわら》での流連《いつづけ》には肝《きも》を冷やしたものだ。

旗本や御家人といった直参《じきさん》武家の、無届けの外泊は禁止されている。

それは大名の子とて、変わりはない。

子《ね》の刻《こく》（午前零時）までに帰宅していないことを幕府に知られたら、お咎《とが》めは必《ひっ》定《じょう》、最悪の場合には、御家断絶になる可能性すらあった。

御耳役《おみみやく》という特殊な役職にある落合勘兵衛が、いち早く若ぎみの新吉原通いを耳にして、危ういところで闇から闇に葬ったのが──。

そろそろ、三年になるか。

（あれは、二十六夜待《にじゅうろくやま》ちの日のことであったな……）

忙中閑あり、ともいう。

このところ二勤一休の休みを返上し、連日、江戸留守居役の役宅へ出仕している勘兵衛は、当時のことなどの記憶の糸を手繰《たぐ》り寄せては苦笑する。

勘兵衛は、ふと松田の役宅の執務部屋から、小ぶりな庭園に目を移す。

すでに立秋を過ぎて、夕暮れの到来は、日に日に早まってきたようだ。

庭園では、盛夏の間に葉を繁らせた藤袴《ふじばかま》が、そろそろ夕暮れに近い陽光に照らされながら、ぽつぽつとつきはじめた紫の花を微風に揺らめかせている。

（ほ……）

斜めに入ってくる残照の眩《まぶ》しさに、思わず目を細めていた勘兵衛の耳に、カナカナカナ……。

まるで遠慮でもするような、あるかなきかの哀鳴《あいめい》が、どこからか届いてきた。

（ヒグラシか……）

そういえば――。

そろそろ【寒蟬鳴《かんせんなく》】の候であったな。

【寒蟬鳴】は「ひぐらしなく」とも読まれる七十二候のひとつで、いよいよ季節が、秋に入ろうとしていることを知らせる兆候でもあった。

（む……！）

ふと物思いに耽《ふけ》りはじめた勘兵衛だったが、次の瞬間には首《こうべ》を巡らし、小さく眉を寄せた。

パタパタパタ……。

廊下を駆けきたる足音がする。

ふっと、勘兵衛のうちに不穏な思いがよぎった。

「旦那さま！」

襖《ふすま》の向こうから、急迫した声がかかった。

松田の用人、新高陣八《にいたかじんぱち》の声だ。

とっさに勘兵衛は立ち上がり、左手で団扇《うちわ》を使いながら、執務机に向かっている松田与左衛門を見た。

白髪交じりの長い眉毛を、逆八文字に不安げに吊り上げながら、松田が小さくうなずいた。

それを目の端にとらえつつ勘兵衛は、

「今、開け申す」

襖の外に声をかけながら、つつつつと畳の上を滑るように足を運んだ。

新高陣八が、やや甲高《かんだか》い声になって、

「大殿がお隠れになった、と、ただいま下屋敷から使いがまいりました」

「なんと！」

やにわな訃報に勘兵衛は絶句したが、淡い期待は抱きつつも、いつかは、こんな日がくるであろう、とは、すでに覚悟はしていたところでもある。

松田のほうは、しばし無言であったが、ややもあって静かに口を開いた。

「あいわかった。陣八、その件、間宮《まみや》どのには？」

「は。御家老のほうには、八郎太《はちろうた》を差し向けました」

新高八郎太は陣八の長男で松田の若党を、次男の八次郎《はちじろう》のほうは勘兵衛の若党を務めている。

松田が〈間宮どの〉と呼んだのは、江戸家老の間宮定良《さだよし》のことだ。

松田が続ける。

「さようか。で、高輪からの使いは誰じゃ」

「若殿小姓組の一人、葛巻庄之介《くずまきしょうのすけ》です」

「ふむ、葛巻……」

松田がつぶやくように言う。

勘兵衛も知らぬ名だ。

もちろん、江戸在府の藩士全員の名や顔を覚えてなどはいない。

「今宵は通夜、そして葬儀は明日となろう。されば、今宵じゅうには、ゆかりある知辺《しるべ》らに訃音《ふいん》の使者を立てねばならぬ。そこでなあ陣八、八郎太が戻れば、再度、間宮どののところへ、のちほど拙《せつ》が訃音名簿の相談にまかり越したい旨をお伝えしてくれ。で、葛巻とやらには、その名簿ができあがるまで待機されよ、と伝えてくれ」

松田のてきぱきとした指示を受けて、

「承知いたしました」

自ら襖を閉めて、新高陣八が去った。

「さて、勘兵衛」

「は」

存外に静かな声音《こわね》の松田に対し、まだ胸が波打っているのを隠すように、勘兵衛は腹の底からの声で応じた。

「しばしは戦場《いくさば》となろう。心せよ」

「は」

嘆じている場合ではなかった。

2

「正式な御届けは、明朝のこととなろう。だが、主立った御重役たちには……」

言って、松田は首を傾けた。

左手に握った団扇は、いつしか動きが止まっている。

しばしの沈黙を破るように、ヒグラシの声だけが届いてくる。

老中が登城するのは四ツ（午前十時）どきで、登城ののちは、それぞれが自分の御用部屋に入る。

そして、八ツ（午後二時）ごろには城を退出し、常に急ぎ足の老中駕籠で屋敷に帰っていく。

それ以降は、毎月二日、十二日、二十二日の式日《しきじつ》におこなわれる〈閣老裁判〉以外は、屋敷内において公用を執《と》らないのが原則であった。

つまりはこの時刻、江戸城内に御重役たちは皆無だ。

ゆえに、なにがなんでも届けを今日《きょう》じゅうに、と急ぐ必要はない。

「月番老中は、板倉《いたくら》さまでございましたな」

松田が、はたしてなにを熟考しているのか、勘兵衛は推測をしつつ声を押し出した。

「ふむ」

さらに松田は考え込んでいる。

越前大野藩にとって、天敵のような存在の大老、酒井忠清《さかいただきよ》のことは別として、現在の幕府首座ともいえる御老中は五人いる。

順不同に記せば、久世広之《くぜひろゆき》、稲葉正則《いなばまさのり》、板倉重種《しげたね》、土屋数直《つちやかずなお》、大久保忠朝《おおくぼただとも》の五人であった。

そして若年寄は、堀田正俊《ほったまさとし》と土井利房《どいとしふさ》の二人……。

勘兵衛も、さらに考える。

（下総関宿《しもうさせきやど》藩主の久世さまは、七十歳の御高齢で、近ごろは健康も優れず……）

登城の数もめっきりと減って、このところ月番は免除されている。

（さらには……）

つい近ごろ、ひょんな成り行きから、ある仇討ちを、密かに助力をしていた勘兵衛であったが、その、そもそもの発端というのが、現老中である土屋数直に関わりがあった。

（とは、いうても……）

その土屋老中は、久世老中よりも高齢の七十一歳、すでに二十年近くも老中職にある古参であった。

そのため、もうずうっと江戸暮らしで、隠居こそしていないが、領地の上総久留里《かずさくるり》藩政は嫡男の政直《まさなお》にまかせているという。

（と、なれば、もはやご高齢ということもあるから、久世、土屋どのは除いてもよかろうか）

おそらく松田が考えているのが、幕閣に対しての、前もっての根回しのことであろうな、と踏んで、勘兵衛は、さらに考えを進める。

下城ののちの老中は公務を執らないが、登城前となると、事情がちがう。

各種の陳情やら御機嫌伺いやら、なにやかやと、老中や若年寄の門前には早朝から、まさに雲霞《うんか》のごとく、芋の子を洗うように客が押し寄せる。

その人雪崩《なだれ》を取り仕切るのは、大座配や中座配と呼ばれる人宿《ひとやど》の親分衆で、その交通整理によって無事に面会を果たす者もいれば、はじき出される者もいる。

こういった朝の面会を、老中の場合だと〈対客《たいかく》〉といい、若年寄ならば〈御逢《おあい》〉と呼ぶ。

特に月番老中ともなれば、対客の数もすさまじい。

なにしろ七ツ半（午前五時）に開門という、夜明け前からの対客受付となるから、さすがに毎日というわけにはいかない。

それで月番老中なら二日に一日弱の、非番老中は月のうちの二日、というふうに〈対客日〉が決められていた。

（月番老中だと……）

と、勘兵衛は考えている。

きのう二十五日が今月最後の対客日で、次は来月三日が、それにあたる。

（もっとも、並の対客日で老中に会おうというのではなかろうな）

なんらかの伝手《つて》を頼って……、すなわち老中の下城後に根回しを……と、いうことになる。

だが御用番の板倉重種とは、勘兵衛が知るかぎりでは、これといった繋がりはない。

その手蔓《てづる》はないか、伝手はないか、と松田は思案しているのではなかろうか。

（さらには……）

残る二人の老中のうち、稲葉美濃守《みののかみ》正則とは特別の縁故があって、気軽とはいえないまでも、人交わりに骨身を削る必要はない。

いま一人の大久保忠朝は、つい昨年に老中になったばかりの人で、板倉老中同様に縁引きがないはずだ。

しかしながら――。

わずか五万石とはいえ我が藩は、越前松平家の一員ゆえに、御三家《ごさんけ》とは別格の制外の家とされている……。

となれば、改めての幕閣への根回しなどは、はたして必要であろうか？

そんなふうに勘兵衛が、あれこれそれと考えを巡らせていると――。

「ふむ！」

低い一声を発して、松田が再び手にした団扇を使いはじめた。

3

「………？」

無言のまま勘兵衛が松田をみつめていると、

「いやいや……」

苦笑するような表情になって、松田は手にした団扇を文机《ふづくえ》において、左手の薬指で、鬢《びん》のあたりをぽりぽりと掻いた。

自嘲《じちょう》するように言う。

「ここが思案の置き所と思うたのじゃが、いやいや……下手《へた》の考え休むに似たり、という口じゃよ」

「どういうことでございましょう」

「ふむ。お偉方に手配りをしておいたほうがよいものか、どうか、と思案しておったのじゃが、よくよく考えれば我が家は、腐っても鯛、とまでは言わぬが、越前松平家の御連枝であるからなあ。まちがえても、襲封《しゅうほう》の儀にケチはつくまいと思い直したのじゃよ」

「ははあ……」

やはり、勘兵衛の推量は当たっていた。

松田が言うように、我が越前大野藩は、神君家康《いえやす》公の次男である結城秀康《ゆうきひでやす》を本源とする家柄であるから、御三家に次ぐ家格を与えられている。

さらには、本日物故した直良公は神君家康公の孫、若ぎみの直明は曾孫《ひまご》にあたる。

いかにこれまで、直明を廃嫡させよう、あるいは亡き者にしようと陰謀を巡らせ続けてきた大老の酒井忠清にしても、襲封に異存を申し立てる口実は見いだせまい……。

勘兵衛も、そうは思ったが、念を入れた。

「では、前もって、なにも手を打たれはなさいませぬのか」

「ふむ、そこよ……。ほかの御重役方はさておくにしても、美濃守どのだけには、前もって耳に入れておくほうがよかろうな」

「そう思います」

老中の稲葉美濃守正則は、おおやけにはしていないが反酒井派で、特に松田や勘兵衛に好意的な人物であった。

「あとひとつ……」

言いながら松田が、凝《こ》りをほぐすように、首を右に左に曲げつつ続ける。

「明後日は、月次《つきなみ》拝賀に当たるのじゃが……なあ」

「ははあ……？」

月次拝賀は月次御礼ともいって、毎月一日、十五日、二十八日に在府中の大名、旗本が登城して、将軍に御目見《おめみえ》する行事であった。

（そうか、松田さまは、そんなところまで考えておられたのか……）

感心しながら、勘兵衛は尋ねた。

「こんな場合は、どうなりましょう」

「わからぬ」

松田は、あっさりと答え、続けた。

「奏者役に尋ねようかとも思うたが、おそらく知るまい。というて、殿が没したからというて、まだ正式に襲封の許しも得ていない若が、名代《みようだい》に立つというのもおかしな話じゃ」

「そうでございますなあ」

「ま、それほど案ずることはない。明日、御用番に届けを出すついでに、いかがいたしたしましょうか、とご指示を仰げばすむことじゃ」

「なるほど……」

実のところ勘兵衛は、本来なら大殿は暇《いとま》の許しを得て国帰りをしていたはずだから、月次御礼のことなど、まるで考えてもいなかったのである。

しかし病を得て、下屋敷に戻ってきているのなら、形のうえでは在府中ということになるのであった。

「で、勘兵衛、美濃守さまのところへは、おまえが行ってきてくれぬか」

「え、わたしが……、一人でですか」

「もちろんじゃ。わしゃあ、これから、幕府《おかみ》への届けや、国許への書状も書かねばならん。それにのう」

「は」

「このところ、おまえは、町宿《ちょうしゅく》（江戸屋敷外部に与えられた住居）とここを行き来するばかりで、この二月《ふたつき》ばかり本来の御耳役《おみみやく》の務めがお留守になっておる」

（たしかに……）

「ま、たいした話は聞こえてこぬが、稲葉さまの御耳にならぬ、我らの耳に届かぬことどももあるやもしれぬからのう」

「ははあ……」

えらく難しい注文までついた。

「ま、とりあえずは、稲葉さまのご都合次第だ。これ、武太夫《ぶだゆう》、武太夫はおらぬか」

声を張り上げ、松田が手を拍《う》った。

「は、ただいま……」

執務室の裏部屋から、すぐにも返事があって——。

「お呼びでございましょうか」

平べったく蟹《かに》のような容貌の平川《ひらかわ》武太夫が顔を出した。

松田の手元役《てもとやく》である。

その目が、少し腫れている。

大殿の訃報を耳にして、おそらくは泣いたのであろう。

生真面目で純情、どこか不器用ながら、まことに誠実な男であった。

「ふむ。武太夫。大殿ご逝去《せいきょ》の件、耳に入ったか」

「はい……、はい……。聞こえてございます。まことに……、まことに……」

早くも、潤みはじめた武太夫の声音に、かぶせるように松田が言う。

「ふむ。そのことじゃ。すまぬが、ちょいと外桜田《そとさくらだ》まで出向いてのう。矢木策右衛《やぎさくえ》門《もん》どのに、そのことを伝え、今日《きょう》の今宵じゅうにも勘兵衛が殿さまに御向顔《ごこうがん》を願いたいが、ご都合のほどはいかがなりや、と尋ねてきてほしいのじゃ」

「は。承知をいたしました。さっそくにも出向いてまいります」

深ぶかと頭を下げて、平川は足早に去っていった。

さて、松田の話にでた矢木策右衛門というのは、外桜田門に屋敷を構える稲葉老中のところの御用人である。

昨年のことだが、三十路《みそじ》に入っても、いっかな縁談のない平川武太夫を案じて、松田は矢木策右衛門に口次ぎを頼んだ。

結果、築地《つきじ》にある稲葉侯別荘にて納戸役《なんどやく》を務める、山口彦右衛門《やまぐちひこえもん》の娘である里美《さとみ》に白羽の矢が立った。

里美は評判の美女で、御家人ながら徒士《かち》組頭を務める男に見初《みそ》められて、玉の輿《たまのこし》で嫁いだのであるが、不幸にも夫を亡くして出戻った女であった。

美人のうえに、まだ二十三歳と年若く、およそ平川武太夫には似つかわしくない相手と思われたが、意外や意外、とんとん拍子に縁談はまとまった。

ところが……。

里美には、横恋慕してつきまとっている〈六阿弥陀《ろくあみだ》の喜平《きへい》〉と異名のある、御家人崩れのヤクザ者がいて、これが縁談の邪魔をする。

それでスッタモンダはあったものの、勘兵衛たちの奮闘によって喜平は自滅して、武太夫と里美は無事に縁づき、松田役宅の裏に小さいながらも新居を構えた。

そんな経緯があって、平川は稲葉家御用人の矢木と結びつきがあったから、稲葉家への使いには、うってつけの適任者であったわけだ。

4

再び新高陣八がきたって、

「間宮家老におかれては、いつにてもとのことでございます」

と告げた。

「そうか。ではさっそくに出向くとするか」

松田はごそごそと傍らの文車《ふぐるま》を探っていたが、やがて一折《ひとおり》の書類を取り出し、

「いざというときのため、腹案は作っておいた。さほどに時間はかかるまい。そのままにて待て」

「は」

大殿逝去にあたっての、訃報を知らせるべき相手の名帳らしき書類を手に、松田は新高陣八とともに執務室を出ていった。

（まことに手際の良いお方だ……）

改めて感じ入りながら勘兵衛は、夕闇が深まりはじめたので、執務室の行灯《あんどん》に火を入れた。

いつもなら平川武太夫の役目だが、当の本人は使いに出ている。

ものの半刻《はんとき》（一時間）もせぬうち、松田は戻ってきて言った。

「あとは、間宮どのの采配に任せた。また、葛巻とやらには、先先《さきざき》を書き写させて高輪にて復命せよと伝えておいた」

「となれば、そちらのほうは片付いてございますな」

これよりのちは、この愛宕下より各所に向けて次次と使者が出ていくのであろう。

「うむ。なにかとせわしないことじゃ」

江戸留守居の松田は再び執務机に向かって、またも無言で筆を走らせている。

勘兵衛としては、なにか手伝えることはないかと思うものの、かえって邪魔になりそうで、できることといえば、茶の取り替えくらいなものだった。

しばしののち――。

廊下に小さな足音がする。

それも、妙にとぼとぼとした足取りのようだ。

「ふむ」

松田が、ふと顔を上げ、訝《いぶか》ったような声を出した。

「平川のようじゃが……」

勘兵衛も足音から、そのように感じていた。

（それにしても、あの足取りが気にかかる……）

平川が出かけてから、もう半刻（一時間）余りは過ぎただろう。

ここ愛宕下から、稲葉老中の屋敷がある外桜田までは、せいぜいで八町（約八〇〇メートル）ばかり、戻りが早過ぎるとも遅すぎるともつかない微妙な頃合いであった。

（不首尾か……）

勘兵衛はそう思ったが、おそらく同じ思いを松田も感じたにちがいない。

はたして――。

「戻りましてございます」

襖ごしにかかった声に勘兵衛が襖を開くと、平川は小さく頭を下げたと思ったら、やにわにその場に平伏した。

絞り出すような声音で言う、

「まことに役立たずな仕儀にて、申し訳ございません」

と、いうことは──。

今宵じゅうの稲葉老中との対面は、できぬということなのだろう。

しかし、まるで蟹のように這いつくばる平川の様子から見るに、

（なにか、大きなしくじりでもあったのか……）

そんなことも思いながら、勘兵衛がちらりと見やると、松田も小さく首を傾《かし》げている。

「ま、ま、平川さま」

勘兵衛は、廊下にひれ伏したままの平川に声をかけた。

「とりあえず、座敷に入られよ。そこにては復申《ふくしん》もままならないではありませんか」

「は……。は……」

切れ切れに答えて、平川は見下ろす勘兵衛を、やや上目遣《うわめづか》いに見た。

なにしろ、この平川武太夫、という人物。

まことに平べったく、蟹に似た容貌のうえに、両手を広げて這いつくばるさまは、
まさに蟹そのものを連想させる。

思わず破顔しそうな光景だが、あまりに打ちひしがれた様子を見れば、笑うわけにもいかない。

勘兵衛は、再度促す。

「さ、さ、平川さま。とりあえずは中へ」

「は……。は……」

平川は、膝でにじって座敷内に入って、再び平伏した。

松田が、静かな声音で言う。

「武太夫」

「は」

「そこにては遠い。もそっと近《ちこ》うに寄らぬか」

「は」

ようやく覚悟を決めたように、だが、やはり膝でにじっていく平川の脇を抜けて、勘兵衛は松田の近くに移動して座った。

「で、いかなる運びじゃ」

松田に問われて、ようやくに平川は顔を上げた。

「申し上げます」

「うむ」

「矢木さまによれば、稲葉御老中のもとにはご来客のよし、とのことにてございます」

「なに、先約ありということか。ならば、まるきり、おまえに落ち度などないではないか。なにゆえ、そのように恐縮するのだ」

「それは、そうではございましょうが、それでは、わたくしめは、まるきり子供の使い同様にて……。はあ……」

松田は思わず噴き出して、

「いや、律儀《りちぎ》もそこまでいけば天晴《あっぱ》れというべきかもしれぬが、こりゃあ、いささか迷惑でもあるぞ。いったい何事があったかと面食らうではないか」

「はあ……」

勘兵衛もまた、半《なか》ばは呆れている。

平川は、藩主参勤の供で江戸に出てきたのを、その律儀さを買って、松田が手元役に据えたのであるが、その忠実様《まめざま》も度を超えると、たしかに閉口《へいこう》する。

「で、平川さま……」

多少の腹立たしさも手伝って、勘兵衛は思わず切り口上に問うた。

「矢木さまには、殿の身罷《みまか》りし次第は、お伝え願ったのでありましょうな」

「も……もちろん、お伝え申しました。矢木さまから悔やみのお言葉も戴き、必ずや今宵じゅうに稲葉御老中にもお伝えする、との約束も頂戴いたしました」

助け船を出すかのように、松田が割って入ってきた。

「ふむ、ならば武太夫。おまえは、無事に使いの役目を果たしたことになる。先客があるところに割り込もうなど、どだい無理な話だ。気に病むことなどないぞ」

「は、はあ」

「稲葉さまに、殿のご逝去をいち早くご報告することが目的じゃ。勘兵衛がご対面しようとは、まあ付け足しのようなもので、それはあくまで、こちらの事情……。大過《たいか》はないゆえ、そうおまえが気に病むことではないのじゃ」

「そう言っていただければ、やや胸のつかえがおりましてございます」

平川の声音が、いつもの野太いものに変わってきた。

なんのことはない。

話は単純明快、今宵、勘兵衛が伺候してよいか、との都合を尋ねに行って、先約があると断わられただけの話であった。

だが、それを、平川が、まるで自分の責任であるかのように感じて腑抜けのように気落ちした様子を見せるものだから、話がややこしくなったのである。

（そういえば……）

ふと勘兵衛は、平川と初めて顔を合わせたときのことを思い出していた。

（もう、三年になる）

国家老の使番で江戸に出てきた永井鋭之進《ながいえいのしん》という藩士が、本庄《ほんじょう》・榛木《はんのき》馬場の馬場筋で、斬殺されるという事件があった。

その事件の処理のため、回向院《えこういん》裏手の御竹蔵《おたけぐら》に付随した、本庄奉行の奉行小屋に出向いた折のことだ。

そのとき平川は青ざめた顔で、唇を震わせていたものだ。

要は、この平川武太夫、名に反して、おそろしく小心者だということになる。

勘兵衛が、そんなことを思っていると、再び平川が口を開いた。

「矢木さまが申しますには、このところ幕閣においては、なにかと多忙を極めており、そのような事情から、稲葉さまのところへも、ひっきりなしの来客がある、とのことでございます」

「なに、幕閣が多忙……とな。いったいなにがあったのであろうの」

松田の声音は静かだが、やや緊張した表情になっている。

それは御耳役としての勘兵衛とて、同じ思いだ。

思えば、主君の松平直良が倒れてよりの、このふた月以上、ついつい情報収集がおろそかになっていた。

「されば……」

平川が語りはじめた。

「この十五日に東福門院《とうふくもんいん》さまが薨去《こうきょ》あそばした、と幕閣に報せが届いたのが、五日後の二十日のことだと申します」

わずか、六日前のことだ。

5

「とうふくもんいん……」

松田が、やや頼りなげな声音になって、勘兵衛を見た。

(さて……?)

門院というのは、天皇の母や三后《さんこう》(太皇太后《たいこう》、皇太后、皇后)や内親王などに対して、朝廷から与えられる尊称であることくらいの知識はある。

また平川が使った薨去、という表現からも畏《かしこ》きあたり……と見当はつく。十五日に崩《ほう》じて、二十日になって幕閣に報せが入った、という点からしても、京の都からと納得がいく。

（しかし……）

はて、〈とうふくもんいん〉が、どのような人物かとなるとわからない。

勘兵衛が首を横に振るのを待っていたように、平川が言う。

「矢木さまにお尋ねしたところ、東福門院さまは徳川秀忠《とくがわひでただ》さまの五女にて、神君家康公の内孫にあたり、元の名を徳川和子《まさこ》さまともうされて……」

和子は、およそ六十数年前に後水尾《ごみずのお》天皇の后として入内《じゆだい》し、のち娘が女帝《じょてい》の明正《めいしょう》天皇となり、次の天皇には和子が養子に迎えた後光明《ごこうみょう》天皇がついた。

ついでに述べれば天皇は、さらに後西《ごさい》天皇と続き、現在の天皇は後水尾天皇の第十六皇子である霊元《れいげん》天皇である。

「ふうむ……。畏きあたりも、ややこしいのう。いや、なるほど、その東福門院さまが神君の内孫ということじゃと……、ふむ、幕閣がざわめくのも無理からぬことじゃなあ」

松田の感想に応えるように、平川がことばを重ねる。

「御歳、七十二歳とのこと……。なお、当家には殿さま病気療養中のゆえに、特にお知らせは遠慮をなされたとのことでござったが、訃報を知らされた御家門、国持大名など、まずは使いを江戸城に参上させて、幕閣の気色《けしき》を伺い、一昨日には水戸《みと》宰相光《みつ》国《くに》（光圀《みつくに》と諱《いみな》を変えるのは、翌延宝七年より）卿、紀伊《きい》中将綱教《つなのり》卿はじめ、甲府《こうふ》、館《たて》林《ばやし》の両宰相も江戸城に参上なされたとのことでございます」

「なんと……のう。そりゃあ、稲葉さまも忙しいはずじゃ」

嘆息するように松田が言う。

それに向かって、勘兵衛は首《こうべ》を垂れて――。

「御耳役として怠慢の極み……」

「いやいや」

詫びを入れようとするのに、松田は掌《てのひら》を差し出してとどめた。

「このわしとて、殿の病状のことばかり心にのぼらせて、油断をしておったわ。じゃが、まあ、たとえ知らされたにせよ、家格こそあれど越前松平家の尻尾にくっつくような小藩ゆえに、登城までは及ばず、ということになったであろうよ」

ましてや、肝心の藩主が重態にて病床にあることを思えば、平川の報告どおり、敢えて知らせずともよかろう、と幕閣が慮《おもんぱか》ったという話に、裏はあるまい。

しかし……。

「はあ」

勘兵衛は複雑な思いである。

平川を下がらせ、再び執務部屋には松田と勘兵衛の二人きりになった。

松田が言う。

「まあ、なんとも間《ま》の悪い仕儀とはなったが、考えようによっては、かえって好都合かもしれぬぞ」

「と、言われますと？」

「考えてもみよ。幕閣は、東福門院さまが崩じられて、なにかとざわめいているらしい。そんななか、さすがの酒井も、直明ぎみの襲封に対して容喙《ようかい》はしづらいであろう」

そういうものだろうか……と、まだ経験の浅い勘兵衛は漠然とした面持ちだ。

松田の言う酒井とは、大老の酒井雅楽頭《うたのかみ》忠清のことだ。

なにしろ権謀術数に長《た》けた人物で、伊達《だて》六十二万五千石の威勢を弱めるべく、伊達騒動を裏で操ったとの噂もあるし、事実、我が越前大野藩にとっては天敵のような存在なのであった。

その酒井と、越前松平家の宗家を自負する越後高田藩《えちごたかだはん》の松平光長《みつなが》とは同気相応ず、といった仲であった。

そして、ある目論見《もくろみ》から若ぎみを亡き者にしてでも、あるいは廃嫡をさせて、次期大野藩主の座を奪い取ろうとの陰謀が進んでいた。

ついには一昨年の四月、父君の病気見舞いのため、越前大野に向かう直明の暗殺を仕組んできた

その陰謀の立役者は、越後高田藩家老の小栗美作《おぐりみまさか》で、なんと越前松平家の本家である福井藩《ふくいはん》第五代藩主の松平昌親《まさちか》まで取り込んでの目論見であったのだ。（第13巻：幻惑の旗、及び第14巻：蠱毒《こどく》の針）

もっとも、そのような陰謀の存在を知るのは、松田と勘兵衛ほか家中でも、ごくごく限られた人数で、主君も若ぎみも、さらにいえば国家老も江戸家老さえも知らぬ、という最高機密なのである。

幸いこれまでに、勘兵衛や隠し目付たちの活躍で、さまざまな陰謀は事前に食い止め、さらには表には出ないかたちで逆襲の種子を蒔《ま》いてきた。

その種は見事に発芽して、越後高田藩においては、我が藩にかかずらわるどころではない情勢が生まれつつあった。

そして陰謀は未達成のまま、大殿が卒去した。
事《こと》、ここにいたって——。
もはや大老や小栗美作に、次なる謀事《はかりごと》を仕掛けるだけの余地はあるまい。
と、勘兵衛は読んでいた。

一草一木各一因果《いっそういちぼくかくいっいんが》

1

さて、勘兵衛が推《お》し量《はか》っている、その越後高田の情勢だが——。

越後高田藩の家臣の数は、およそ千人の足軽も含めると、二千六百人余にものぼる。

ところで、この地の家臣団には大きな特色があった。

それは小栗家、荻田《おぎた》家、岡嶋《おかじま》家などの七家を【七大将】と称して、自分の知行《ちぎょう》（土地の支配）以外に、預かり与力の知行を加えられるという制である。

たとえば小栗家の当主、小栗美作の場合だと、自分自身の知行は三千石だが、預かり与力六十騎の与力知行が一万三百五十石、併せて一万六千五十石。

一方、小栗美作とともに家老職にある荻田主馬《しゅめ》はというと、自分の知行は小栗家に勝る四千石、預かり与力は五十騎で一万石、併せて一万四千石。

となると、いずれもが大名にも匹敵する両巨頭、ということになるのだろうか。

ところで【七大将】と呼ばれる七家それぞれに属する与力やその部下は、普通なら陪臣《またもの》ということになるはずだが、これすべて越後高田藩の家臣である、というような特殊な制度であった。

このような尋常ではない家臣団の構成が、やがて勃発する越後騒動の礎《いしずえ》としてあったのである。

両雄並び立たず、ともいう。

すでにして、二人の間には確執の大河が横たわっていたのだ。

さらには――。

以前にも述べたが、十三年昔の寛文《かんぶん》五年（一六六五）十二月二十六日の夕刻、上越地方に大地震が起こり、折から積雪一丈《じょう》二尺《しゃく》（約四㍍）に埋もれていた高田市街は壊滅的な打撃を受けた。

士分、町人併せて死者は一六〇〇人以上ともいわれ、高田城も半壊、侍屋敷も七百戸余りが倒壊している。

ちなみに、小栗美作の父親が、また荻田主馬の父親もこの地震で圧死した。

ために、この二人は同時に、新家老として藩政に関わることになる。

因縁は、そればかりではない。

まだ安土桃山《あづちももやま》の時代、越前松平家の祖となる以前から結城秀康に仕えていたのが荻田家であるのに対し、小栗家は徳川家臣から付家老として送り込まれた家である。

荻田から見れば、小栗などは新参者、といった意識もあったろう。

さらにある。

地震被害の復興に、めざましい活躍を見せた小栗美作であるが、片や荻田主馬はというと――。

藩主光長に命《めい》を受け、崩壊した高田城二ノ丸の瓢簞曲輪《ひょうたんくるわ》の修復に取りかかったものの、これに失敗、代わって小栗美作が修復工事を完成させてしまった。

すっかり面目を失った荻田は、美作をますます敵視することになっていく。

そしてついに、越後高田藩の中枢家臣団の構造に、大きな歪みが生まれるときがきた。

四年前の一月も末、藩主光長の世子《せいし》であった松平綱賢《つなかた》が嗣子《しし》のないまま死去してしまった。

そこで、急遽の養子選びがはじまった。

光長には、すでに嫁いだ二人の実妹のほかに、腹違いの弟が二人と、妹が一人いて、年上のほうが永見市正《ながみいちのかみ》、その弟は永見大蔵《おおくら》、光長はそれぞれに三千石と二千石を与え、客分として遇することになった。

腹違いの妹はおかんといって、小栗美作に嫁がせた。それゆえ、美作は光長の義弟にあたる。

この時点で、すでに永見市正は没していて、第一の候補は永見大蔵、第二の候補は永見市正の遺児で十五歳の万徳丸《まんとくまる》、第三の候補はおかんと美作の間に生まれた十三歳の掃部《かもん》、残る一人は血縁はないが、尾張大納言の次男の松平義行《よしゆき》と候補者が出揃ったところで、世嗣《せいし》決定の大評定がおこなわれた。

荻田主馬は永見大蔵を推したが、小栗美作は大蔵が四十三歳と高齢なのを理由に反対し、万徳丸を強く推して、結局のところ世嗣は万徳丸と決したのである。

結果、収まらないのが永見大蔵だ。

大蔵は光長の父、松平忠直が豊後《ぶんご》に配流された先で生まれ、忠直の没後に光長に引き取られたという人生を歩んでいる。

しかも松平の姓を許されず、結城秀康の母の実家である永見の姓を与えられ、御家門として家格こそ高いが、僅か二千石の客分という地位に甘んじていた。

そんな鼻先に、越後高田の二十六万石がぶら下がった。

そしてなにより、血筋の濃さからいっても、我こそが世嗣に選ばれてしかるべきだ、と信じてもいた。

それを、まだ前髪も取れぬ甥《おい》っ子の万徳丸に奪われたのである。

怒髪天を衝いた。

怒りの矛先《ほこさき》は、もちろん小栗美作へと向かう。

一方、小栗美作のほうでも、いずれは永見大蔵が、なんらかの騒擾《そうじょう》を起こしそうな気配を感じている。

ならば大蔵を大名として、いずこかの小藩にでも送り込むのが上策、と考え、白羽の矢を立てたのが、越前大野藩であったというわけだ。

そんななか、美作の嫡男である掃部が、御家門並から正式に御家門に列せられ、部屋住み料の名目で二千石が与えられ、名も改めて、大六《だいろく》を名乗ることになった。

小栗美作自身ではないが、またまた甥っ子が自分自身と家格まで同じになって、永見大蔵としては、すこぶるおもしろくない。

一方、美作は地震後に地方知行から蔵米知行への変換を断行し、知行地を持つ高級家臣団から強い反感を持たれている。

さらには新田開発や殖産事業に力を注ぎ、能力のあるものは軽輩、町人からも人材を抜擢《ばってき》したから、中級家士にあたる諸役人からの不満が噴出した。

くわえて光長の奢侈贅沢《しゃしぜいたく》と諸事業の費用が重なったところに、凶作が続いて財政を圧迫した。

そこで美作は、租税の強化と、家中四つならし（俸禄の四割減）という策を打ち出したものだから、下級家士たちからも恨まれる結果となっている。

こうして守旧派と改革派の対立という構図が顕著になっているところに、昨年の暮れになって、糸魚川《いといがわ》、清崎《きよさき》城代の荻田主馬のもとに、一通の密書が届いた。

その内容はというと、匿名ながら——。

光長さま、ご隠居のこと心に期され、ついては所領二十六万石の内、隠居料五万石を別立てとし、そのうえで、小栗大六を御養子に迎えんと発起されたるよし。

というような内容が記されていた。

これは、無理無法を仕掛けてくる小栗美作らに一矢報《いっしむく》いようと、越後高田に潜り込んでいた、越前大野藩の忍び目付の服部源次右衛門《はっとりげんじえもん》の仕業であったのだが——。

この怪文書によって、越後高田藩の家中は騒然となって、美作が大六を世継ぎにしようと企んでいるのではないか、との噂が蔓延しはじめた。

そんななか――。

この四月には藩主光長が国帰りしてきて、さっそくにも小栗大六が伺候した。光長がこの甥を溺愛していることは、つとに知られているところだが、その折の対話がいかにもまずかった。

大六が言う。

――ところで叔父上、このところ巷《ちまた》では、叔父上とわたしにつきまして、まことに妙な噂が飛び交っておりますようで……。

対して、光長が応える。

――なに、妙な噂とな。いかなる噂じゃ。

――なんでも叔父上が、そろそろ隠居をお考えで、別立てにて隠居料を五万石として、このわたしめを養子にとるそうでございますよ。

――ほう。

光長は、しばし呆けたような表情になって、天井を眺めた。

ところで、この光長、六歳のときから江戸に暮らし、わずか九歳で家督を継いで、十歳にして越後高田へ国替えされたが、二十歳のときが初入国という、ずうっと江戸においてのぼんぼん育ちであった。

そのせいかどうか、この光長という男、優柔不断のうえ、越前松平家の惣領筋だからと気位ばかりが高くて気儘《きまま》である。

その光長が、天井から視線を戻して――。

――しかし、なんじゃなあ。そなたは小栗家の一人息子、そんなおまえを養子にとれば、肝腎の小栗家が途絶えてしまうではないか。

――はい。それゆえ、奇妙な噂だと、父上ともども苦笑するばかりでございますよ。

すると光長、次ににやりと笑って、

――いやいや、そうでもないぞ。小栗の一族は兵庫《ひょうご》（年寄）もおれば十蔵《じゅうぞう》（江戸留守居）もおる。そんな親戚筋から養子をとればすむことじゃ。なるほどなあ、隠居料五万石で、おまえとのんびり、気儘に好き勝手に暮らすというのも、捨てたものではないかもしれんなあ。

などと会話は、続いたのである。

だが、このやりとり、密談でもないから、近習たちも聞いている。

光長には、現代でいうところの危機管理などの意識はない。

この日の会話は、たちまちに城外にも漏れて、火に油を注ぐ結果となった。

噂が、単なる噂ではなくなって、いよいよ永見大蔵や荻田主馬などが中心となって、まことに不穏な動きが生じてきた。

そして家中は反美作派、美作派、中間派に分裂しはじめたのである。

2

再び、江戸の落合勘兵衛に話を戻す。

明けて六月二十七日、大殿逝去の旨を幕閣に届け出たのち、供の中間《ちゅうげん》二人を帰したその足で、江戸留守居役の松田と部下の勘兵衛に、それぞれの若党である新高八郎太、八次郎の四人は東海道を南下した。

というのも昨夜の内に、大殿の葬儀は二本榎《にほんえのき》にある浄土宗《じょうどしゅう》の寺院、清涼山松光寺《しょうこうじ》で執りおこなわれることが決まっていた。

二本榎は江戸時代以前、奥州街道に通じたといわれる高輪台《たかなわだい》上の町で、道の両側には細長く、各宗派の寺が櫛比《しっぴ》している。

地名の謂《い》われは、かつての一里塚の榎に由来するという。

松田は用人駕籠にての急ぎ駕籠で、勘兵衛たちもまた足早に駕籠を追う。

そうして下屋敷に到着ののちは、手早く麻の裃《かみしも》に着替えているところに、正午の鐘が聞こえてきた。

「ちと早いが、とりあえず午餐でもとっておくか。なに湯漬けでもよい」

松田が言い、若党の八郎太が手配に飛び出していった。

ところで、松田と勘兵衛が、こうして高輪まで出向いたのは、大殿の葬儀に出席するためではない。

なにしろ、役宅にてやらねばならぬことは、山ほどあった。

それを押して下屋敷まで出向いたのには、訳がある。

幕府からは、必ずや将軍家上使が弔問《ちょうもん》に訪れるはずで、江戸側役《そばやく》でもある松田としては、礼を失することのないように、どうしても謝辞を述べておきたかったのである。

「では、わたしは松光寺のほうへ」

そそくさと、梅干しを菜に湯漬けを流し込んで、勘兵衛が言うと、

「うむ。頼んだぞ」

松田が膝に置いた手拭いで、口をぬぐいながら言う。

「では、八次郎」

「はい」

二人して、立ち上がった。

松光寺に於ける葬儀は八ツ（午後二時）からだが、将軍家上使が、その時刻にあわせてやってくるとは限らなかった。

また直接に、松光寺に向かうとも思えない。

上使は若殿の直明に遣《つか》わされるものだから、まずは、この下屋敷へ……との公算が強い。

しかし、万一のこともあるから、勘兵衛が松光寺のほうでも待ち受ける、という算段であった。

さて、下屋敷から京・知恩院《ちおんいん》の末寺である松光寺までは、わずか西北に二町（二〇〇《メートル》）ばかりの近間である。

いつもは饒舌な八次郎だが、この日ばかりは黙黙として付き従う。

江戸の寺院のほとんどは、境内の一部を貸し地として開放して、小さな門前町ができている。

松光寺門前に建ち並ぶ町屋を両側に、二人は抜けた。

さて松光寺山門の両脇には、越前大野藩の家紋である〈丸に三葵《みつあおい》〉入り高張提灯《たかはりぢょうちん》が掲げられ、弔問客を迎えるらしい麻裃姿の家士が、幾人か佇んでいた。

勘兵衛たちも、そこに紛れ込むように待機する。

すでにして、数人の弔問客の来訪があった模様で、読経の声がかすかに届いてくる。

ややもして弔問客が増えはじめたので、勘兵衛たちは目を凝らした。

もっとも幕府弔使《ちょうし》ともなれば、それらしき陣容であろうから、見逃すはずもないのだが……。

そうこうするうちに、将軍家上使らしき一行を伴ってくる松田の姿が見えた。

（そこにて待て）

というような目配せをくれて、松田は上使一行を伴ったまま、山門内に消えた。

やはり弔使は、まずは下屋敷へと来たったようだ。

勘兵衛たちが待つうちにも、次次と弔問客がやってくる。

その一人一人に勘兵衛は黙礼し、控えの家士が記帳台へと案内をする。

小半刻（三〇分）も経ったころ、松田が姿を見せた。

「あとは江戸家老にまかせてきた。戻ろうかの」

「承知しました」

下屋敷への道をたどりながら勘兵衛が問うと、弔使は幕府奏者番の秋元摂津守喬知《あきもとせっつのかみたかとも》、甲斐谷村《かいやむら》藩一万八千石の領主とのことだ。

ちなみに、この秋元喬知、のちには老中にまで昇る。

3

翌々日の六月二十九日、松田は相変わらず国許への書状を幾通りも書き、勘兵衛もまた父の孫兵衛《まごべえ》に向けての書状を認《したた》めた。

昨夜も遅くまで頑張ったせいもあり、昼前には、火急の書状のおおよそが整った。

すでに一昨昨日《さきおとつい》のうちに、大殿卒去の第一報は大名飛脚に託しておいたが、第二報をきょう、同じく大名飛脚に託し終えて、

「やれやれ、これにて、とりあえずは一段落じゃ」

首筋をコキコキ鳴らしながら、松田が、さすがにホッとしたような声を出した。

「ほとんど、お手伝いらしきこともできず、面目ございません」

内心の忸怩《じくじ》たる想いを正直に述べると、

「なに、そんなことはない。学びて時に之《これ》を習う、というではないか。いずれはおま

えの役に立つときがこよう」

「は、まことに、かたじけなく思っております」

そうとは気づいていたが、松田が書き上げた書状のひとつひとつを、これまで勘兵衛に点検させていたのは、信頼の現われと同時に、勘兵衛を育てようとの気配りであったのだ、と改めて胸が熱くなる。

「それより、このところ休みもなく、この役宅に詰めてもろうた。きょうはもうよいから、久方ぶりに園枝《そのえ》どのと、しんねこを決め込んではどうじゃ」

言いながら、松田がにやりと笑う。

「また、そのようなお戯《たわむ》れを……」

久方ぶりに、松田の口から〈しんねこ〉などと下世話なことばが飛び出したので、勘兵衛は気恥ずかしさを覚えた。

〈しんねこ〉は現代では、もはや死語かもしれないが、〈しんみり、ねっこり〉が縮《つづ》まった語で、男女仲良く語り合う、あるいは夫婦仲が良いことを意味する。

「なんの、戯れなどであるものか。園枝どのとおまえが夫婦《めおと》になって、まだ二年も経つまい。まだまだ新婚のうちじゃ。さあ、早うに立ち帰って、しんねこ話《ばなし》なり、睦言《むつごと》なり、好きにいたせ」

言って松田は、ふぉっふぉっ、と笑う。

「それでは、おことばに甘えさせていただきますが、こんな時刻に突然戻りましても長助《ちょうすけ》たちがあわてましょう。昼餉《ひるげ》をご一緒させていただいたのち、ということにいたしましょう」

「ふむ、そうするか」

長助というのは、勘兵衛が浅草猿屋町《あさくささるやちょう》に初めて町宿を与えられたときに、松田から譲られた飯炊きの爺さんである。

松田は手元役の平川を呼ぶと、

「このところ、昼も夜も握り飯ばかりでいささか食傷気味じゃ。大殿の喪中ゆえ、おおっぴらには言えぬが、少しはましな昼膳を準備してくれぬか」

食事の時間も惜しんだので、このところ握り飯続きであった。

「かしこまりました。さっそく、そのように伝えてまいります」

松田の役宅には、小さいながらも炊事場があって、その旨を伝えに執務室から消えた。

それから、ほどなくして、今度は松田用人の新高陣八がやってきた。

「ただいま、矢木策右衛門どのからの使いがまいりまして、この書状を届けにまいりました。お返事のほどは必要なし、との口上《こうじょう》で、すでに使者は引き上げてございます」

「なに、矢木どのからか」

矢木は老中、稲葉正則の用人である。

勘兵衛も、なにごとかと緊張しながら、陣八から書状を受け取り松田に手渡した。

松田も、もどかしそうに封を切り、眉を上げて目を通していたが——。

ふっと肩の力を抜いて、

「なにほどのことはない。東福門院さま御法会《ごほうえ》が、京の泉涌寺《せんにゅうじ》にておこなわれることが決したゆえ、稲葉老中におかれては、両三日のうちにも京に上《のぼ》られるそうな。で、帰参は来月の二十日過ぎになるよし、とのことで、若の襲封の儀は、それより先のことになろう、とのことじゃ」

勘兵衛も安堵して、

「さようで、ございますか。いや、わざわざご親切にもお報《し》らせくだされて、ありがたいことでございますな」

「ふむ。一昨昨日《さきおととい》の、面会の申し出が不発に終わったゆえ、矢木どのが気を遣われたのであろうよ」

「そうかも、しれませんね」

しかし——。

はたして、そうであろうか。

老中の稲葉美濃守正則は小田原《おだわら》藩主でもあり、色黒く痘痕《あばた》顔で、容貌魁偉《かいい》の大男だが、その実、心配りが繊細であることを勘兵衛は知っている。

(矢木さまに、この書状を届けさせたのは、稲葉さまの指示かもしれぬな)

などと、勘兵衛は考えている。

やがて、午餐の膳が運ばれてきた。

決して豪勢とはいえぬが、猫足膳に一汁三菜が載った形姿《なりかたち》は、なかなかのものだ。

手元役の平川に飯をよそわせながら、

「おお、大野芋か。久しいのう」

大ぶりの芋の煮付を、松田は塗り箸で、ぐさりと串刺しにするや、口に運んでいる。

大野特産の里芋である。

「ん……、ん……」

差し出された飯茶碗を左手で受け取りながら、口いっぱいに頬張った松田は、声にならない。

「落合さまも……」

「いや、いつもながら、かたじけない」

手を差し出してきた平川に、飯茶碗を渡した。

その昼餉も半ばほどで――。

「お！」

「や！」

各自が思わず声を発して、勘兵衛はやや中腰になり、松田はというと猫足膳を両手で押さえ込み、平川は後ろ手で畳に両手をついている。

「地震か」

松田が言うのに、

「そのようで……」

勘兵衛は答える。

「かなり大きいのう」

「さようでございますなあ」

答えつつ庭の灯籠《とうろう》を確かめたが、崩れもしないうちに地震はおさまったようだ。

「いやあ、まことに肝《きも》を冷やしました。昨年の十月にも、大きいのがございましたが、こう続きますと、どうにも心もとない気分でございます」

小心者の平川が、大きく息を吐きながら、正直に言う。

「よくは揺れたが、チョンの間であった。たいした被害はあるまい。あるいは大殿さまの最後の置きみやげであったかもしれぬなあ」

言いつつ松田は、また悠然と箸をとり、昼餉を続けた。

勘兵衛は平川の感想に、ふと心によぎったことがあったが、とりあえず、その想いには蓋をしている。

上屋敷内に被害はなく、屋敷外にも、これといった異変はない、との報告を聞いたのち、勘兵衛は露月町《ろげつちょう》の町宿に戻ることにした。

「では、勝手ながら、おことばに甘えて、戻らせていただきます」

「おう、そうせい」

明日の七月一日は遺言により、大殿直良公を、浄土宗西山禅林寺《ぜんりんじ》派の総本山である京の禅林寺に葬るため、棺が送られる日であった。

それを見送るべく勘兵衛は、松田とともに芝・高輪の下屋敷へ向かう手はずになっている。

明日の段取りを再度確かめたのち、勘兵衛は愛宕下の上屋敷を出た。

4

愛宕下に面した切手門《きってもん》を出ると、明日から秋に入るとはいえ、まだ強い日差しが目に眩しい。

露月町の町宿までは、およそ三町（三〇〇メートル）ばかり――。

まずは上屋敷の北角を右折して秋田小路《あきたこうじ》に入り、突き当たりを左折して最初の角を右折して……と、大名屋敷や武家屋敷に囲まれた道を刻刻《ぎざぎざ》に、都合五回も折れ曲がって町宿に至るという道筋であった。

先ほどの地震が嘘だったように愛宕下はいつもの人通りで、桜川《さくらがわ》沿いに並ぶ床店《とこみせ》にも異常はなさそうだ。

（あれほど揺れたのだが……）

被害の及んだところもあるだろうし、なんでもないところもある。

（一草一木各一因果《いっそういちぼくかくいついんが》、というものか）

たしか唐代《とうだい》の高僧のことばで、この世のすべてのものは、原因と結果があって存在している、といったような意味だったな、と勘兵衛は思い起こしながら、角を右折した。

勘兵衛がそのような、杳《よう》とした、というべきか、あるいは茫洋としたことどもを胸に昇らせていたのは他でもない。

平川が去年の十月にも地震が……、との言《げん》に、思わず心によぎったものに蓋をしたことである。

山路亥之助《やまじいのすけ》のことであった。

亥之助は、勘兵衛にとって、まさに悪縁、不倶戴天《ふぐたいてん》の敵とも呼べる存在であった。

そもそも勘兵衛がこの江戸に呼ばれたのも、罪を犯し故郷を逐電《ちくでん》して江戸にある亥之助を討ちとれ、との松平直明の密命のためであったのだ。

その後、亥之助は越前大野に舞い戻って園枝の兄を斬り、単なる宿敵から義兄の仇《かたき》にまでなっている。

ところで昨年十月の地震は、房総《ぼうそう》大地震の余波であったのだが、その地震をきっかけに、勘兵衛はひょんなことから亥之助の消息を知ることになった。

ひょんなこととは、誰あろう、松田の手元役、平川武太夫の縁談に関わることであったのだが、結果として勘兵衛は深川《ふかがわ》・藤左衛門《とうざえもん》町《ちょう》の蛤《はまぐり》稲荷《いなり》（のち佐賀《さが》稲荷）境内において、山路亥之助を討ち取った。

実は、この亥之助、かつての〈九六騒動〉に端を発する大和郡山本藩《やまとこおりやまほんぱん》と支藩の抗争で、本藩の藩主、本多政長《ほんだまさなが》の命を狙う暗殺団の首魁《しゆかい》におさまっていた。

他藩に関わることゆえに、勘兵衛としては亥之助斬伐《ざんばつ》の一件を、おおっぴらにはできない。

妻の園枝にすら、話してはいない。

知っているのは、松田と大和郡山本藩の目付見習である弟の藤次郎《とうじろう》など、わずかな者たちだけである。

蛤稲荷では、亥之助の手下だった丈吉《じようきち》も藤次郎たちの手で絶命した。

さらには日をおかずして、大和郡山本藩の目付衆が、白壁町《しらかべちよう》にある暗殺団の本拠地である町並屋敷を急襲して、五名の団員を屠《ほふ》り去った。

だが、蛤稲荷に転がる二つの骸《むくろ》、白壁町の五体の骸、いずれもが謎のままに終わったようだ。

のちに勘兵衛が、本庄（のち本所）・深川あたりを縄張りとする親分〈瓜《うり》の仁助《にすけ》〉からそれとなく聞いたところによると――。

――へい、蛤稲荷の一件は、結局のところ、身許すらわからず、ってえ具合で、無縁墓送りとなりやしたが……。

答えて仁助は、にやりと笑い、

――黒ずくめの浪人の斬り口というのが、見事なもんでござんしてね。例の〈六阿弥陀の喜平〉のことを旦那にお知らせしたばかりのことでござんしたから、もしや……なんてね。

――馬鹿を申せ。あずかり知らぬことだ。

――へい、へい。そうでござんしょうとも。

仁助は、(わかってまさあ) とでもいった表情で、またもにやりと笑った。

〈六阿弥陀の喜平〉というのは、平川武太夫の縁談の障りになっていた、御家人崩れのならず者である。

――ところで、白壁町のほうでも、おかしな事件があった、と耳にしたのだが……。

――へい。〈白壁町の五人殺し〉でござんしょう。ありゃあ、なんとも面妖な事件でござんしてね。

と、仁助が言うところを見ると、あちらは蛤稲荷の件とは結びつけられていないようだ。

仁助が続ける。

――なんでも大和郡山、本多出雲守政利《いずものかみまさとし》さまの御家中ではないか、との噂でござんしたが、当の本多さまが、我が家とは一切の関わりはない、とのことで、あちらも無縁墓送りになったそうでござんすよ」

とのことであった。

出雲守としては、人目を憚《はばか》る暗殺団のことなど、闇に葬る他はなかったのであろう。

とつおいつ、そのようなことを思い出しながら秋田小路を歩む勘兵衛は、東のどん詰まり、越後沢海《そうみ》藩上屋敷に突き当たって左折し広小路に入ったが、すぐまたその屋敷角を右折する。

亥之助を討ち取った直後は昂揚したものだが、しばらくののちに勘兵衛に残ったのは、得もしれない空しさというか、無常感であった……。

（まあ、救いといえば……）

知らず知らず、うつむきがちになっていた視線を、勘兵衛は上げた。

正面に望まれる広大な屋敷は、六十二万石、仙台《せんだい》伊達家の中屋敷であった。

亥之助との因縁が縁で、三歳年下の弟、藤次郎は大和郡山本藩に仕官して、目付見習を務めていたが、江戸における暗殺団壊滅の功を認められて、正式な目付に昇格した。

俸給三十石も、五十石に加増されたそうである。

その藤次郎が、本多政長の国帰り準備のために大和郡山へ向かったのが、この二月のことだ。

(今ごろは、どうしておろうか……)

弟からの音信はないが、そんなことを思った。

合言葉はモズ

1

大和郡山は、かつての平城京《へいじょうきょう》と斑鳩《いかるが》の間にあって、矢田《やた》丘陵と西ノ京《にしのきょう》丘陵の間を富雄川《とみおがわ》が南流する、という地形を利用して城下町が形成されている。

のちに蕉門十哲《しょうもんじゅってつ》（松尾芭蕉《まつおばしょう》の高弟十人）の一人である森川許六《もりかわきょりく》が――。

菜の花の中に城あり郡山

と詠《よ》んだように、春は桜、秋には金木犀《きんもくせい》と季節の花花に彩られる城下町は、まことに平穏無事な風景を醸《かも》し出している。

だが、その実、この大和郡山では二人の領主が対立していて、不穏この上ない雲行きが、もう七年ほども続いていた。

事《こと》ここに至った経緯は、これまでも述べてきたので繰り返さないが、片やの領主は、本多中務大輔《なかつかさたいふ》政長、いま一人が本多出雲守政利である。

さて、落合藤次郎が、主君である本多政長の国帰りに際しての先遣隊として、先輩の目付衆とともに江戸を発ったのが、この二月のことであった。

途中、主君が宿泊予定の本陣や脇本陣まわりに不審な点はないか、などの巡察も兼ねていた。

ところで三年前までの参勤や国帰りは、生駒山《いこまやま》を暗峠《くらがりとうげ》越えで大坂《おおさか》へ出て、京から東海道を江戸へ下る、あるいはその逆という行程であった。

しかし、この道筋は上り下りが峻険《しゅんけん》なうえに距離も長く、その出費《かかり》も馬鹿にならない。

そこで数年がかりで、最短距離で、できるかぎりに平坦な道程《みちのり》を模索した結果、延《えん》宝《ぽう》四年（一六七六）夏の国帰りのときから、その路程が変わっている。

新たな旅程は伊勢国《いせのくに》の関宿《せきじゆく》（三重県亀山《かめやま》市）までは同じだが、ここで東海道を捨てて、関宿の西の追分《おいわけ》から伊賀《いが》道をとって伊賀上野《うえの》（三重県上野市）の城下を目指す。

この伊賀道は、加太川《かぶとがわ》に沿って加太村の宿場町を抜け、大岡寺峠《だいこうじとうげ》を越えて伊賀国に入るため、〈加太越え〉とも呼ばれていた。

伊賀上野の城下からは、島ヶ原《しまがはら》宿を経て山城国《やましろのくに》に入り、笠置《かさぎ》村（京都府相楽郡《そうらくぐん》）、加茂《かも》、木津《きず》と木津川沿いに大和国《やまとのくに》の国境《くにざかい》に至る。

あとは奈良《なら》を通過して、大和郡山城下へという道程であった。

さて藤次郎は、島ヶ原宿で同行の目付衆と別れたのち、町人姿に変装して、一人きりで大和郡山城下を目指した。

もちろん、これには訳がある。

島ヶ原宿を出て加茂、木津と通過して相楽《さがなか》村を過ぎると、山城国と大和国の国境だ。

ここに建つ道標には〈柳三丁目元標二里一八町四十九間〉とある。

柳三丁目は、大和郡山城下の目《め》抜き通りだから、目的の城下へは、あとわずか。

折から満開となっている山桜を愛でながら、藤次郎の足は速まる。

そして高田《たかだ》村から大和郡山城下町に入ったのちは、町人姿のまま、城からほど近い豆腐《とうふ》町の一画に居を構えた。

身分も、大坂船場《せんば》の茶問屋［大和屋］の手代で、藤吉《とうきち》を名乗っている。

というのも、新参者である藤次郎は、いまだ正式に城中に入ったことがない。

つまりは敵味方のいずれにせよ、ほとんどの家中に顔を知られていないから、隠密の探索には都合がいい、というわけだ。

三年前と同様に、この豆腐町の寓居は、本藩国家老の梶金平《かじきんぺい》が準備したものだ。

その三年前――。

本藩筆頭家老である都筑惣左衛門《つづきそうざえもん》の用人、日高信義《ひだかのぶよし》と二人して、［柳屋《やなぎや》］という紺《こう》屋町《やまち》の紺屋に一年近くも長逗留をしたことがある。

そのときは、大和見物のために江戸からきた旗本の隠居に、付き添いの孫という触れ込みで、神崎《かんざき》の名を使っていた。

問題は、地元の人が〈こやまち〉と呼びならわす紺屋町が、この豆腐町のわずか一筋南にあることで、いくら町人に扮しているとはいえ、顔を覚えられている可能性も大で、大いに注意を必要とする点だ。

それゆえ、外出の折には笠をかぶるなど、なかなかに気苦労もある。

では、なぜそのような場所が選ばれたか、というと、これまた理由がある。

詳しいことは、のちほどに譲るとして、藩主の本多政長の命を狙う、いわば獅子身中の虫ともいうべき疑いのある家士は、およそ三十名ほどもいて、その動向を隠密裡に窺うのが藤次郎の役目であった。

ところで大和郡山の城郭の門は四ヶ所あるのだが、城下町へ直接に出る門は、大手門だけだ。

あとの三つは、武家屋敷街への出入り口である。

城から大手門を出るには、まず梅林門と呼ばれる追手門《おってもん》をくぐり、柳曲輪《やなぎくるわ》と呼ばれる枡形《ますがた》（広場）を通過して、追手二の門である柳門を通る。

柳門の先は小広い広場になっていて、これを箱番所と呼ぶ。

そして、ようやく追手二の門の頬当門《ほおあてもん》（甲冑《かっちゅう》を着用するときに顔に当てる防具が頬当で、城正面の正門を指す）を出ると大手前、ここから大手橋で濠を渡ると城の口、目前はすでに城下町の柳町一丁目の北端にあたった。

いささか説明が長くなったが、要は城内から城下の町に出るとすれば、まずは柳町一丁目の端からとなる。

で、藤次郎が埋もれるように暮らす豆腐町は、その柳町一丁目の半ばあたりから、東へと伸びる町だった。

道幅が二間（三・六㍍）に満たない細長い商人町で、商人以外にも寺子屋もあれば借家もある、といった町並みだ。

さて、先ほどに触れた獅子身中の虫が、城外に出ようとするとき、城の口に至るまでは、いくつもの番所があって、そこかしこで見張る目付衆から、いち早く豆腐町の藤次郎のもとへ報せがくる、という寸法になっていた。

（それにしても、なんだ……）

いつくるともしれない報せを、ただただ待つ身の藤次郎にすれば、退屈きわまりないし、多少の愚痴《ぐち》も出る。

（見習が取れて、目付になったといってもなあ）

なんともやりきれない気分の藤次郎であった。

もっとも、このお役目のことは、すでに昨年のうちにも日高信義との間で何度も打ち合わせ、納得ずくのことだったから、文句も言えない。

というより、文句を言う相手さえいない、というのが現実である。

2

本来なら、この豆腐町の寓居では、日高信義と落ち合う予定であった。

その肝腎の日高信義は、昨年の十二月半ばに（野暮用《やぼよう》がある）と言い残して、一足先に江戸を離れたものだが、藤次郎が着いたとき、影も形もなかった。

とりあえずは、寓居の家持ちで［祇園屋宗兵衛《ぎおんやそうべえ》］を名乗る豆腐屋に挨拶にいった。

すると、どのような段取りだったかは知れぬが、翌日には、かねて見覚えのある人物が藤次郎を訪ねてきた。

――おや、そなたは、たしか狩屋《かりや》さんではなかったか。

――はい。お久しゅうございます。狩屋敬之進《けいのしん》です。

――三年ぶりになりましょうか。お元気そうでなによりです。

――それは、お互いさまで……。実は、あれから親父が隠居をいたしまして、今は拙者が徒目付《かち》を務めているのです。

――さようでしたか。では今後ともよろしくお願い申し上げます。

目前の狩屋敬之進と初めて会ったのは、三年前の大坂においてであった。

暗殺団の一人に源三郎《げんざぶろう》という者がいた。

源三郎は、唐《から》渡りの猛毒を大坂で入手して、大和郡山へ持ち込もうとしていた（第七巻：報復の峠）のだが、それを阻止すべく大和郡山本藩から五人の若者が大坂へ出て、源三郎に貼りついていた。

その五人の若者は、いずれもが本藩徒目付衆の子弟から選ばれた密偵で、狩屋は、そのなかの一人であったのだ。

また、いま一人の清瀬《きよせ》拓蔵《たくぞう》と藤次郎は、こたびの江戸を離れるまで、ずっと行動を共にしていたのであった。

──いや、こちらこそ、よろしくお願い申します。とはいえ、あまり長話はできません。要用のみをお伝えいたす。

狩屋は、やや早口に言い、つと三和土《たたき》に入ってくると、後ろ手に腰高障子を閉めた。

なるほど、用心のためかと気づいて藤次郎も短く、

──承知しました。

と、答える。

──先般、梶家老のもとに日高さまから書状が届きました。これを、そこもとに、というのが、まず第一。

言って狩屋は、懐から一通の書状を取り出して藤次郎に手渡した。

──第二は、今後に見知らぬ者が訪ねてきたときの合言葉です。どなたか、と尋ねて、モズでござる、と答えた者が我らの味方、なに用心に越したことはありませんからね。

──ははあ、モズでございますか。

なんとも不思議な合言葉だな、と藤次郎が少しばかり訝っていると、

──そう。モズですぞ。お忘れなきように……。

わずかな笑いを残して、狩屋は立ち去っていった。

(はて……？　あの笑いの意味はなんだ)

入り口の腰高障子を閉じながら、

(あ、そういうことか……)

ようやく藤次郎は、合言葉の意味を悟って、思わず破顔した。

これは、のちに聞いたことなのだが……。

当時──。

酒井大老と長崎《ながさき》奉行が組んで、国禁の抜け荷をおこなった。

そんな最高機密を入手した藤次郎と清瀬拓蔵は、長崎から一途に江戸をめざしていた。

その間、大坂では──。

長崎を訪れていた、大和郡山支藩の奏者役が、長崎奉行の岡野貞明《おかのさだあき》から猛毒を入手、それが大坂にて源三郎の手に渡った。

そのころには、源三郎を見張る密偵たちにくわえ、密偵たちの父親である徒目付衆も応援に駆けつけていて、源三郎を国許に入れない手筈を整えていた。

そして竹之内《たけのうち》街道の途上にて源三郎を討ち取り、唐渡りの猛毒である芫菁《げんせい》と、なにやらの書付《かきつけ》を奪い取ったとのことであった。

そして源三郎を襲った場所が、破《や》れ神社となっていた百舌《も》鳥《ず》神社（のちに百舌鳥八幡宮として再建）であったという。

身許をわからなくした源三郎の遺骸も、そこに埋めたらしいが、そのことを知っているのは、ごく一部の目付衆たちと、その子弟など、ごくごくわずかな者たちに限られる。

（それで、モズか……）

合言葉の意味を悟った藤次郎は――。

（では今も、源三郎の遺骸は人知れず、その百舌鳥神社境内に埋まっているのだろうか）

などとも想像し、少しばかり神妙な気分になったついでに――。

（だが、大老と長崎奉行が組んでの密貿易のほうは……）

島原《しまばら》藩主である松平忠房《ただふさ》を幕府上使として、四百名を超える役人が密貿易吟味のため長崎に向かったにもかかわらず、結局は、長崎奉行の名すら出ずに終わっている。

罰せられたのは、抜け荷の実行者であった長崎代官の末次平蔵《すえつぐへいぞう》と、その関係者たちで、ある者は死罪に、末次平蔵とその長子は隠岐《おき》の島へ流罪となった。
(いわゆるトカゲの尻尾《しっぽ》切り、というやつか)
藤次郎に、悔しい想いが甦《よみがえ》る。
(いやいや、今はそれどころではない)
まずは梶家老のもとに届いたという、日高からの書状を広げた。
ごくごく、短い書簡だった。

藤次郎どの
野暮用が思いのほかに長引き、相済まぬことじゃが見参は卯《う》の花月《はなづき》のうちになろうと思う。もし家持ちどのあたりに尋ねられることあらバ、隠居は山辺《やまのべ》の郷あたりの茶畑を巡りて茶葉の見立てに余念なし、との口実を用いられたし。なお務めの儀、怠りなく願い申す。

浪華にて信義記す

(なんじゃと！　卯の花月だとぉ！)
藤次郎の、やや吊り上がった目が丸くなった。

卯の花月といえば四月、そして藤次郎が、日高の書状を見たのが二月の二十三日であった。

(まだ、ひと月以上……)

いや下手《へた》をすれば二ヶ月近くも、藤次郎はこの豆腐町に釘づけということになる。元もと日高と藤次郎が、大坂船場の茶問屋［大和屋］の隠居と手代に扮することにしたのは、この地郊外の特産品である大和茶に目をつけたからで、口実の理由には事欠かない。

(しかし、しかしだぞ……)

主君の命を狙う獅子身中の虫が三十人近く、とは聞いているが、藤次郎は、その連中の面体《めんてい》すら知らない。

たとえモズの合言葉で、なにのなにがし、が城下へ出たとの報せを受けたとしても、これでは尾行もままならないではないか。

(なにが、なお務めの儀、怠りなく願い申すだ)

藤次郎は途方に暮れるとともに、小さな怒りすら覚えていた。

3

だが、案ずるより産むが易し、ともいう。

三月も半ばを過ぎても、藤次郎のもとに一羽のモズさえ現われない。

（そりゃ、そうだろうなあ）

そのころになって、ようやく藤次郎にも気づくことがあった。

肝腎の主君は、まだ江戸である。

つまりは、敵が蠢《うごめ》きはじめるのは主君のお国入りのあと……すなわち五月に入ってからのことだ。

それゆえ日高は、四月のうちになどと、のんびりした文をよこしたのであろう。

（食えない爺ぃだ……）

それを、務めの儀怠りなく、などと、日高にからかわれていたことに、ようやく気づく藤次郎だった。

三月も半ばを過ぎると、郭公《かっこう》の声が聞こえるようになった。

その声に誘われるように、ときおり藤次郎は町に出た。

折から陽気も良く、だんだんに陽ざしも強まってきているから、菅笠《すげがさ》姿も珍しくはない。

そうやって四月に入ると、季節はもう夏、ホトトギスの特徴的な鳴き声も聞こえるようになった。

その日、藤次郎はぶらりと町へ出たついでに、大手門外、城の口に建つ［菊屋《きくや》］という菓子店で、名物の［城之口餅《しろのくちもち》］を求めた。

朝昼夕の食事は、家持ちである［祇園屋宗兵衛］店の使用人が届けてくれるが、商売が商売だけに、いつも豆腐料理がついていて、いささか食傷気味だ。

果物などは行商の棒手振《ぼてふり》から求めるにしても、茶菓となると、そういうわけにいかない。

［城之口餅］は、なんでも豊臣秀吉《とよとみひでよし》が〈鶯餅《うぐいすもち》〉と名づけたという由緒ある茶菓らしい。

粒餡をくるんだ餅にきな粉をまぶした、この餅を、幸い藤次郎は気に入って、たまの外出の際には買い求めるようになった。

さて［菊屋］を出て、数十歩も歩まぬうちに――。

（はて……あれは？）

一町（一〇〇㍍）ほども先だが、旅装の老人の姿が目についた。

背格好といい、振り分けにした小さな柳行李《こうり》にも見覚えがある。

菅笠を上げ、なおも確かめた。

（間違いない）

日高老人だ。

ふと藤次郎は、ぶら下げている菓子包みに目をやったが、

（かまうものか）

開き直ることにして、また歩を進めた。

日高のほうは、ゆっくりとした歩調を崩さず近づいてくる。

豆腐町の木戸前には、藤次郎のほうが先に着いた。

すると菅笠姿のまま、日高が小さく右手を持ち上げると、掌《てのひら》を跳ね上げるような仕草をした。

藤次郎は苦笑しながら木戸を潜り、先に豆腐町の仮寓《かぐう》に入る。

そこへ追いつくように日高が入るのを待って、藤次郎は腰高障子を閉じた。

――息災そうでなによりじゃ。

――日高さまも、お元気そうでなによりです。

――いやあ、いかん。なにしろ六十三にもなるからなあ。もう歳じゃ。

ことばを交わしつつ、二人して菅笠を取り、日高は旅装を解きはじめた。

――そういえば、いささか白髪が増えましたようで。

以前は半白髪だったのが、ほとんど白髪に変わっている。

――そうじゃろう。なにかと気苦労が絶えぬでなあ。

――ずいぶんと、ごゆっくりでしたが、大坂でなにかございましたか。

――なに、たいしたことではない。それより、こちらに変わりはないか。

――徒目付の狩屋敬之進どのが、日高さまの書状を届けてくださったほかは、静かなものでございます。

――うん、うん。いや、例の〈天神裏の茶店〉じゃが、もう影も形もなかったぞ。

――え、さようでございましたか。

暗殺団の拠点であった〈榧《かや》の屋形〉の麓地に、松林を背負うように建っていた茶店には、幾多の思い出があった。

――逝《ゆ》く者は斯《か》くの如きか、昼夜を舎《お》かず、という口じゃなあ。

などと、妙にしんみりした口調の日高だったが、

――ところで、それは、[菊屋] の饅頭か。

実にめざとい。

城之口餅と答えると、

――ふむ。わしの好物じゃ。茶など淹《い》れてくれぬか。

飄逸《ひょういつ》なところは変わらない。

4

五月に入ると、いよいよ政長公が国帰りしてきた。

そのころより、藤次郎の日常の潮目が変わった。

まずは清瀬拓蔵が訪ねてきて、挨拶もそこそこに言う。

――今宵暮れ六ツ（午後六時）ごろ、〈やこうさん〉の門前で、父がお待ちしております。委細は父からお聞きください。

――ん？　やこうさん？

首をひねった藤次郎に日高が、

――わしが知っておる。

――ははあ。

——では、ゆっくりもしておれませんので、これにて失礼をいたします。

やはり用心のゆえか、清瀬も用件だけを伝えると、そそくさと帰っていった。

——なんじゃ。手みやげのひとつもないのか。気の利かんやつだ。

日高が、冗談とも思えない憮然とした声で言い、

——ところで、〈やこうさん〉というのは、材木町にある薬園寺八幡《やくおんじはちまん》のことじゃ。

なにしろ、由緒ある神社でな……。

元は平城京の南端に祀《まつ》られ、やがて東大寺領の薬園荘《やくおんのしょう》の守り神だったのを、現在地に移築したものだという。

（そういえば……）

かつて藤次郎は一年近くも紺屋町で過ごしたから、城下の地理やら地名くらいは頭に入っている。

——高田村から城下に入るとき、外濠を渡って高田町大門を潜ったあたりが材木町、そのすぐ左手にずらっと寺社が並んでおりましたが……。

——そう、そこじゃ。やくおんじはちまん、など、長ったらしいから、地元じゃ〈やこうさん〉で通っておる。

——ところで、わたしは清瀬の御父上という人には、いまだ会ったことはございま

せんが、日高さまは、いかがで？

――ハハ……、心配性なやつだ。自慢じゃないが、わしゃ、この郡山に生まれ、以前は歴とした藩士であったのだ。もっとも長らく大坂勤番であったし、その後は都筑家老の側用人として江戸が長かったから、わしの顔など覚えていない者も多かろうが、わしのほうは、主立った者の顔なら、しっかり知っておる。拓蔵の父親は清瀬平蔵《へいぞう》というてな。わしとは古い顔なじみじゃよ。

言って、なぜか日高は苦笑いを漏らした。

長日《ちょうじつ》ゆえに、なかなかに日暮れはこない。

ようやくに太陽が信貴山《しぎさん》の向こうに落ちかかるころになって、

――では、そろそろまいろうかの。

すでに身支度をすませ、悠然と団扇を使っていた日高が言う。

――はい。まいりましょう。

いよいよだぞ、と勇んでいた藤次郎は菅笠をつけた。

――提灯も忘れるではないぞ。

――はい。怠りなく。

暮れ六ツ、といっても、当時の時報は、なかなかに複雑であった。

日没したから暮れ六ツではなくて、時の鐘が鳴るのは、日没のおよそ小半刻（三十分）のちだから、下手《へた》をすれば周囲は真っ暗闇、ということもあり得《う》る。

仮寓を出、城とは逆方向の西に向かって、二人は進む。

店じまいをする商家、早くも行灯《あんどん》に火を灯した家、そんな町並みを両脇に抜ける豆腐町の道筋は、二間（三・六メートル）足らずと細い。

三町（三〇〇メートル）ばかりも進んだだろうか、やがて突き当たって材木町というあたりになると、細道はさらに狭まって二人並んで歩くのが窮屈なほどである。

——ここを右ですね。

——うむ。

豆腐町の西端の木戸をくぐって右折、その突き当たりが〈やこうさん〉だった。

もう日はとっぷりと暮れていたが、八日月のか細い光と、材木町に並ぶ材木問屋の軒行灯の明かりで、歩行に困難はないし、まばらだが通行人もいる。

——あれだな。

やがて、日高がつぶやくように言う。

めざす〈やこうさん〉の門前に二人の人影が佇立するのを、藤次郎も認めた。

一人は深編笠姿の武家のようで、いま一人は供侍といったところか。

なにゆえ供侍とわかるのかといえば、腰の物である。
若党、すなわち陪臣《またもの》に羽織、袴は許されているが、二本差しは許されていない。
大刀、一本のみである。
その供侍らしいのが近づいてくる。
万一のこともあるので、藤次郎は緊張して懐に呑んだ匕首《あいくち》を握りしめた。
そうするうちにも、人影は眼前まできて一礼ののち、
――失礼ながら、お尋ね申す。もしや、モズに関わりのあるお方でしょうか。
それに日高が、
――いかにも。
と、短く答える。
――されば、こちらへ。
右腕を挙げて誘《いざな》った先は、すぐ左手前方に口を開けた石畳の路地口であった。
三間ばかり続く石畳の先には、煌煌《こうこう》と灯りがともる平屋建ての建屋があった。
――すぐに主人がまいります。あの寮の前にてお待ちください。
建屋のことを寮と呼んだ。
――ふむ。

やや訝った声音になった日高だが、

——とにかく行こうか。

ゆっくりと石畳を踏んだ。

その間にも案内をした侍は消えて、代わりに深編笠が姿を現わした。

着流しながら、渋帷子《しぶかたびら》（柿渋を引いたかたびら）で黒の帯……典型的な本多ふうの武家である。

（あれが、清瀬のお父君か）

藤次郎は、そう予測した。

その武家は、路地半ばで深編笠をとった。

それに呼応するように、日高も菅笠をとる。藤次郎もそれにならった。

——久方ぶりでござるな。二十何年ぶりになろうか。

年のころは五十がらみか。眉濃く、鷲鼻《わしばな》の武家が開口一番に言う。

——忘れもせぬ。承応《しょうおう》二年（一六五三）のことじゃから、ちょうど二十五年ぶりということになる。

打てば響くように日高が答えた。

——そうなるか。いや、相応の挨拶は、のちのこととして、まずは入りましょう。

お先に、ごめん。

引き戸を開けると、思いのほかに広い三和土《たたき》があって、上がり框《かまち》は欅《けやき》らしい一枚板が使われている。

日高が怪しむことなく受け答えをしたところを見ると、この武家こそが清瀬平蔵だと、藤次郎も確信した。

とりあえずは、日高とともに三和土に入り、藤次郎は引き戸を閉じた。

その清瀬は無造作に草履を脱ぎ捨てると、上がり框に足をかけながら、

――お二方とも遠慮なく上がられよ。履き物は、ここの寮番が片づけるゆえ、ご放念されよ。

と言ったところに、傍らの控え部屋から老爺が姿を現わした。

七十そこそこの、小柄な老人であった。

清瀬が言う。

――ここの寮番で、甚太《じんた》という。

すると寮番が腰をかがめて、

――甚太でございます。お見知りおきをお願い申し上げ……。

との挨拶に重ねるように、清瀬が口を挟む。

——そこで甚太。このお二方の名までは明かさぬが、今後もちょくちょくここの客となろうでな。それゆえ、しっかりと面体《めんてい》を覚えておくようにな。

——承知、つかまつりました。

というようなやりとりのあと、清瀬は黒光りする長い廊下を、ずんずんと進み、突き当たりの襖をがらりと開けた。

5

二十畳ばかりの広間で、風炉先屛風《ふろさきびょうぶ》の傍らに客膳が三つに座布団が三つ。それらが三角形に配置されていた。

——堅苦しい挨拶は抜いて、まずはザブなどあてられよ。話は、それからだ。

言って清瀬は、座布団の上にどっかとあぐらをかいた。

日高も、藤次郎もそれにならったのを見定めてから清瀬は、藤次郎に視線を向けた。

——落合どので、ござろうの。

——はい。お初にお目にかかります。落合藤次郎でございます。

——うむ、うむ。やつがれは拓蔵の父にて、清瀬平蔵と申す。愚息との格別の縁《えにし》については、その折折に耳にしてござった。かたじけないかぎりでござる。

言って、深ぶかと頭を下げる。

――とんでもない。拓蔵どのには、当方こそ大いに助けられてございます。

藤次郎が恐縮すると、清瀬はまことに上機嫌な様子で、

――でな。日高どの。

――はい、はい。

――いや、そなたとは、いろいろと因縁もあったが、縁は異なもの味なもの、と申そうか、愚息がいかい世話になり申した。改めて礼を申したい。

――なんの。拓蔵は、さすがに平蔵どのの血を引いて、まことに秀でた若者でござるよ。いや、これは決して世辞ではないぞ。

――それは、ありがたい。いや、ひけらかすつもりはないが、やつがれは、昨年より目付頭の職を得申してな。

――ほう。それはめでたい。お祝いを申し上げる。

日高が、ぺこりと頭を下げた。

（はて……？）

藤次郎は藤次郎で――。

（この二人、二十五年ぶりとのことらしいが、どのような因縁があったのだろうか）

などと思っている。

清瀬が続ける。

――ついでのことだが拓蔵も、こたび横目付を命じられ、五十石を賜わることになったのだ。

――ほう。それは重ね重ねめでたいことじゃ。お祝い申し上げる。

ゆるゆるとした調子で日高が一揖《いちゆう》するのに合わせ、藤次郎も座礼を返した。

（そうか、それはよかった……）

藤次郎自身は目付見習という肩書きがあったが、一歳年上の清瀬拓蔵のほうは、これまで職名もない単なる密偵であったのだ。

横目付は横目《よこめ》とも呼ばれて、藩士の挙動を検察し、違反を弾劾するお役目だ。

それで五十石、正式に目付となった藤次郎と、これで俸給のうえでも同格になったのである。

――ところで、この寮のことだがな……。

表情を改めて清瀬が言う。

――一応、ここは［紀州屋《きしゆうや》］という材木問屋の寮ということになっているが、その実、我らが密会の場となっているところでな。折に触れ、情報交換やら秘密裏の会合やらを開く場所となっておる。

――ははあ、なるほど……。つまりは譜代衆の牙城のようなところじゃな。

――それほどのものではないが、我ら目付衆の忍び所、といったところかな。それゆえ、万万一の備えもしてあるゆえ、念のために教えておく。

言って清瀬は、後ろを振り返る。

――あの風炉先屛風の向こうに床の間があるのだが、そこに仕掛けがあって、外濠の土居《どい》へと続く抜け道が造られておる。ま、これまでのところは、そのような事態に陥ったことは、いまだ一度もないのだがな。

――いや、用心に越したことはない。なにしろ〈榧の屋形〉を壊滅させたときには、多少の騒擾もあったと聞いたし、つい先《せん》には、暗殺団の江戸での拠点を殲滅《せんめつ》させたばかりじゃでな。

清瀬と日高の、そんな会話を藤次郎は、多少の緊張感を伴いながら、身じろぎもせずに聞いていた。

そんなところへ――。

――よろしゅうございましょうか。

襖の向こうから、涼やかな女性の声が届いてきた。

――おう、かまわぬ。入られよ。

と、清瀬。

――では、失礼いたします。

広間に姿を現わしたのは、藤次郎とさほどに年も変わらないと見える、二十歳そこそこの娘で、衣装から見るに町娘のようだ。

――粗茶でございますが……。

運んできた盆の茶瓶から、三つの湯飲みに注ぎ分けたのち、

――どうぞ。

――痛み入る。

日高の次には、

――どうぞ。

――ありがとうございます。

そして最後に、

――はい、伯父さま。

最後に清瀬の客膳の上に湯飲みを載せた。

これに清瀬が口を開く。

――いや、この娘はつなというて、徒目付の松原兵衛《まつばらひょうえ》の末娘なのだ。で、母親というのが、やつがれの妹であってな。つまりは姪《めい》っ子《こ》というわけだ。

――ほほう、それは……。

日高が目を細めるのに、

――よろしくお見知りおきくださいますように、お願い申し上げます。

おつなが、武家の子女らしい所作の座礼を見せた。

――ついでのことに言うておけば、このつなは、一昨年に縁あって嫁ぎ、今では［紀州屋］の若女将《おかみ》というわけだ。

と、清瀬が付け足した。

なるほど、それで武家娘の姿ではないのだな、と藤次郎は思いながら、ということは［紀州屋］という材木問屋は、商家とはいえ、よほど格別の家らしい、などと考えていた。

――ところで、伯父さま。

おつなは物怖じしない、よく通る声で藤次郎のほうを見ながら、

――もしや、こちらさまが、あの落合勘兵衛さまの弟ぎみでございましょうか。

これには、藤次郎も驚いた。

——おうさ。あの勘兵衛どのの弟ぎみだ。どことのう、面影が似ておろう。

——あの……。兄上とお会いになったことがございますのか。

——はい。あれは三年前の師走《しわす》に大坂にて、勘兵衛さまには、たいそうお助けをいただきました。

——え、大坂で、ですか。

なにゆえ兄が大坂になど……？　藤次郎には、まるで覚えがない。

かててくわえて、清瀬平蔵も言う。

——いや、そなたの兄上には、我らも大いに助けられたものだ。なんと言おうか、そう、稀代《きたい》の快男児と見受けた次第だ。それゆえ、藤次郎どのにも大いに期待しておるぞ。

——はあ、それは恐縮至極……。

（そう。その兄のおかげで、わたしの仕官が叶ったわけだが……）

藤次郎としては、まことに複雑な心境である。

清瀬が言う。

——ま、宴ではないので酒の用意はないが、粗餐《そさん》を用意した。箸などとりながら、今後のことなど話し合おう。
と、いうことになった。

日高四郎右衛門信義《ひだかしろうえもんのぶよし》の懺悔《ざんげ》

1

昨夜の［紀州屋］の寮で話し合われたことを要約すると——。

まず第一に、藤次郎たちが重点的に動向を探る相手は、医師の片岡道因《かたおかどういん》と、その子の太郎兵衛《たろべえ》、それから主君の小姓である天神林《てんじんばやし》藤吉《とうきち》と四月朔日三之助《はたすきさんのすけ》の計四名。

他に、獅子身中の虫との疑いのある家士が三十名ほどいるが、これらの動向については、清瀬拓蔵をはじめとする横目衆や、目付衆が監視する。

第二は、互いの情報交換のために、毎月五の付く日（五日、十五日、二十五日）の暮れ六ツどきに、かの［紀州屋］の寮に集まること。

そのとき、清瀬平蔵は必ずしも出席はせぬが、目付衆の一名なり二名なりが顔出しをする。

これは、お味方を互いに見知っておく、という目的も兼ねていた。

第三は、集合日に付随することで、たまたま五の付く日に、緊急の事態が起こったとき……たとえば、目付衆の会合日と重なったり、城内の行事などで、目付衆の都合がつかなかったりしたときの連絡方法であった。

材木町、〈やこうさん〉向かいに［けしずみ屋］という飯屋兼業の居酒屋がある。

その店頭に――。

ほんじつ　はないかだ　しなぎれのこと

との張り紙があれば、会合は中止にするとの合図で、追って連絡が入るという段取りである。

ちなみに〈花筏《はないかだ》〉は摂津伊丹《せっついたみ》の［大鹿屋《おおじかや》］の酒だそうな。

家持ちから届けられた朝餉もすんで、しばらくが経ったころ――。

――ところで日高さま……。

昨夜の［紀州屋］寮における会談で、藤次郎にはいくつかの疑問があった。

——ふむ……。なんじゃ。

——三年前の師走、兄が大坂へ出向いたそうですが、いったいどのような用だったのかご存じありませぬか。

——さて？　なにも存ぜぬ。

と、にべもない。

——そうですか。いや、昨夜つらつらと考えましたところ、たしか、そのころ、兄から日高さまの……ええと、なんと申しましょうか、小夜《さよ》さまの妹ぎみの居所を尋ねられて、大坂は順慶町《じゅんけいまち》の「鶉寿司《うずらずし》」と教えたのを思い出したのです。そのときの様子が、なにやら気になったものですから、松田さまにもご報告をしたのですが……。

——そうだったか？　はて、覚えてはおらぬなあ。

日高は、なにやら不機嫌そうな声になって、そっぽを向いた。

——………。

そんな日高を見ながら藤次郎は、なにやらの秘密を感じ取ったが、日高が知らぬと強弁する以上、敢えて強《し》いることもあるまい、とあきらめた。

日高の顔色を窺いながらも、藤次郎はもう一つの疑問を口にした。

——それはそうと、日高さまと清瀬平蔵さまとは、昨夜が二十五年ぶり、とのことでございましたな。

——聞いたとおりじゃ。

——その折、清瀬さまが、なにやら因縁があった、というようなことを口になさいましたが……。

——おい、藤次郎！

にわかに日高が怒声を発した。

——はい。

いつも飄飄《ひょうひょう》としている日高にしては珍しいことであった。

——人には言いたくない過去もあるものじゃ。人の懐に、土足で踏み込んでくるような真似などするでない。

吐き捨てるように言う。

——それは出過ぎた真似をいたしました。どうか、お許しください。

——うむ……。

しばらくの沈黙と、気まずい空気が二人の間に流れたが、次の口火は日高が切った。

——いやいや、つい尖《とんが》ってしもうた。還暦も過ぎたというに、我ながら未熟なことじゃ。あまり気にするな。

おそらくは、日高の触れられたくない過去を、単なる好奇心から穿鑿《せんさく》してしまったのだ……と、藤次郎は心から反省し、

――いえ、わたしのほうこそ斟酌《しんしゃく》が足りませんでした。どうか、お許しをくださいませ。

――なに、それほど気に病むことはない。もう忘れろ。

言って、日高は口をもぐもぐさせていたが――。

――いや、いかん、いかん。ちょいと頭を冷やしてこよう。

そそくさと外出の支度をして、出かけてしまった。


（いや、我ながら……）

柳通りを南下しながら、菅笠の陰で日高は苦笑した。

藤次郎に過去の古傷を突かれたとはいえ、あれほど色をなすことはなかったのだ。

それがつい怒声になったのは、あのときの罪を、いまだに引きずっていたからに他ならない。

と、いうより、あのときの罪を、誠の意味で清算せずじまいに、ずるずると生きてきた鉄面皮《てつめんぴ》ぶりを自覚しているせいだった。

（ん……！）

今、何かが左から右へとよぎったのに気づき、日高は足を止めた。

菅笠を上げ、確かめてみる。

（ほう）

太物店《ふとものだな》の軒先にツバメの巣があって、親鳥が雛鳥に餌を与えているところだった。

（今なら二番子じゃな）

ツバメは立夏のころに一番子が孵《かえ》り、それが巣立ったあと、二ヶ月後には二番子が孵る。

揃って口だらけになっている雛と、その口に嘴《くちばし》を差し込む親鳥を眺めながら、

（ふむ。詮無いことじゃ）

その親子鳥の情景に、日高は少しばかり慰められた。

再び歩を進めだした日高は、柳三丁目に入る辻を左折して、矢田町《やたまち》に入った。

道幅わずかに一間半（二・七メートル）ながら、この道は矢田街道と呼ばれる街道筋にあたり、さらに東へ進むと外矢田町を経て、あの〈やこうさん〉へと至るのであった。

逆に西へとたどると、奈良時代からの古刹であり、〈矢田の地蔵さん〉でも知られる矢田村の金剛山寺《こんごうせんじ》へ行き着く道なので、土地《ところ》の人からは矢田街道と呼ばれていた。

徳川四天王と称された武将の一人、本多忠勝平八郎《ただかつへいはちろう》のもとには、代代家老筋を務める二家がある。

ひとつは都筑惣左衛門家で、いまひとつが日高右衛門《うえもん》家である。

日高信義は、その日高右衛門家の分家筋の家に、播州姫路《ばんしゅうひめじ》の城下で生まれた。

一人っ子であった。

そして二十歳のとき、父の死によって家督を継ぎ勘定方に出仕した。

その職場で算盤《そろばん》、書記の才を認められ、三年後には、わずか二十三歳で大坂蔵屋敷留守居役の大役を頂戴する。

だが、その年の秋に、主君の本多政朝《まさとも》は大病を得て死を覚悟した。

政朝には嫡子の勘右衛門《かんえもん》（のち政長）と、次男の七幡次郎《ななはたじろう》（のち政信《まさのぶ》）がいたが、勘右衛門はまだ六歳と幼かった。

さらには武辺で鳴る本多家には、馬の乗り降りを自由にできない者は領主になれない、といった不文律もあった。

そこで政朝は、嫡子が成人したら家督を譲るという約束で、庶流の竜野《たつの》城主である本多政勝《まさかつ》に、一時的に家督を預けることにした。

こういった処置を〈番代《ばんだい》〉と呼ぶ。

この番代を、家士の大橋海老之介《おおはしえびのすけ》が早駆《はやがけ》で江戸幕府に願い出た。

そして政朝が没した。

その翌年――。

幕府は政勝の番代願いを許可し、政朝の家督十五万石に、政勝の領知四万石を加えた十九万石で、大和郡山へ所替えとなる。

このとき、本多政勝は二十六歳、その次男であった政利は、まだ二歳の赤子であった（嫡男の勝行《かつゆき》は十六歳で病死）。〈鬼内記《おにないき》〉との異名を持つ本多内記政勝は、一気に十九万石の大大名の地位を手にしたのである。

そんなてんやわんやのなか、大坂は中之島にあった姫路藩大坂蔵屋敷は、新たに姫路藩主となった松平忠明《ただあきら》に引き渡されたが、日高は引き続き大坂勤番という名目で、これまでどおりの業務を続けることになった。

もっとも大和郡山藩の蔵屋敷は、近江《おうみ》の堅田《かただ》に置かれることになって、大坂蔵屋敷にあった役人の半数がところは、近江堅田に移動した。

ところで大坂蔵屋敷というのは、大名が年貢米や特産品などを販売するために、大坂に置かれた倉庫兼役所のことだ。

また国許で必要な物資を買いつけるのも、大坂であった。

大坂留守居役は、そういった会計担当役人のトップであったが、大坂勤番と名称こそ変われ、規模こそ小さくなったものの、日高の地位は従来といささかも変わりはない。

さて代金の管理には両替商を使って、これを掛屋《かけや》と呼んだ。

大坂留守居役、あるいは大坂勤番は、もともとが役得の多い役職で、情報交換と称して、月に一度は各藩の大坂留守居役が集まり、贅沢放題の宴席が設けられていた。

なにしろ、ちょいと帳面をいじれば、法外な金が懐に入ってくる。

二十代という若さと、兄弟姉妹もない独り身の気楽さ、さらにくわえれば播州より大和への所替えによる混乱にも乗じて、俄然として日高に金銭欲が取り付いた。

ついには指定の掛屋以外に、秘密の掛屋口座を開き、着服した金子《きんす》を預け入れ、新町の花街に入り浸ったりもしていたが、三十の声を聞くころには、さすがに遊興にも倦《う》んで、当時十七歳だったおひろという町娘を妾にして、今橋《いまばし》四丁目に妾宅を構えた。

日を経ずして長女の小夜が生まれ、五年をおいて次女のかよが生まれた。

そんななか日高は、突然に国表の目付衆に捕縛され、国許に連れ帰られた。

それが二十五年前……承応二年（一六五三）の春のことであった。

横領の容疑である。

無理もない。

大坂で妾を囲い、二人の娘をもうけていることは公然の秘密だったし、私生活も贅沢三昧、妻帯もせずに、永年国許にも顔を出さない。

怪しまれても、当然のことであったのだ。

その日高の吟味にあたったのが、当時、勘定方吟味役であった清瀬平蔵である。

清瀬の吟味は峻烈を極めた。

しかし――。

日高が付けた帳簿と、大坂の掛屋の帳簿を子細に照らし合わせても、一点の穴も見つからない。

それほどに、日高の帳簿は完璧であった。

では妾を囲い、奢侈な暮らしを続けるその金子《きんす》は、いったいどこから生じたのか。

――相場でござるよ。

清瀬の問いに、日高は短く答えた。

――この三ヶ月、そなたにそのような動きなどなかった。

(南無三！)

そうか。今年の当初から、我が動きは密かに見張られておったのか。

日高は臍《ほぞ》を嚙んだ。

(待てよ……)

日高は忙しく思いを巡らす。

秘密の掛屋のことだ。

(最後に金を預けたのは……?)

そう、あれは昨年の師走の頭であった。

ということは、あの秘密口座は、まだ摑まれておらぬ。

そこに一条の光を見いだした日高は、あとは知らぬ存ぜぬを貫いた。

しかし、それで通るものでもない。

結局のところ下されたのは、御家改易、御役御免のうえ召し放ちの沙汰であった。

本来なら死罪のところ、帳面から確たる証拠が挙がらなかったおかげだと、そのとき日高は思ったものだ。

しかし、ちがった。

2

日高は薬園八幡宮の東隣りの、薬園寺《やくおんじ》境内にある大楠の根方に腰を下ろし、当時のことを茫洋と思っている。

もう、どれほど、そうしていただろうか。

つい先ほどに、四ツ（午前十時）の鐘を聞いた気がするが、境内に遊ぶ、まだ寺子屋に上がらぬ年ごろの子供たちの童声《わらわごえ》さえ耳には届かぬほどであった。

改易召し放ちの沙汰で牢を出た日高が、十数年ぶりに屋敷に戻ると、ただ一人で家を守ってきた母が泣き崩れていた。

――とりあえず家財の整理をして、大坂にまいりましょう。

幸いといってはなんだが、ついに隠し通した秘密の掛屋には、たっぷりと金を預けてあった。

そんな折である。

都筑家老のところから用人がきて、告げた。

――実は、ご重役のほとんどは、なにがなんでも、そなたに腹を切らせろ、と息巻いておられたのだ。それを我が主がひとり、そなたの大叔父は、かの日高右衛門兵衛でありせば、なにとぞ旧恩に報いて罪一等を減じてくだされ、との助命のおかげだぞ。

それを知り、日高は呆然となった。

用人がさらに続ける。

――ご家老は、そなたの才を惜しんでおられる。どうだ、せっかく拾ったその命だ。都筑家老のために役立ててはみぬか。母御ともども、城外野垣内村《のがいとむら》に住処《すみか》を用意したほどにな……。いかがじゃ。

思わず日高は、その場に平伏したものだ。

すでにして母は身罷ったが、その日以来、日高は二代目都筑惣左衛門の郎党となって、今日にまでいたったのである。

ホッチョンカケタカ!

不意に頭上から、特徴のある鳴き声が降ってきた。

(時鳥《ほととぎす》か……)

ふと我に返った日高は頭上を見上げたが、もちろん鳥影などは目につかない。

(忍び音《ね》じゃな……)

姿を隠して鳴く時鳥の声を、そう呼んだ。

（わしも同じじゃ）
そう思いながら日高は立ち上がったが、日高の忍び音には、まだまだ続きがあった。
（ふむ……）
薬園寺門前で、日高は足を止めた。
目にとまったのは、一軒の店だ。
表障子が取り外されて、壁に斜めに立てかけられている。
そこに――

めし、さけいろいろ、けしずみ屋

と墨書されている。
（あれか……）
しばし思案したのち、日除けを兼ねた藍鼠《あいねず》色の長暖簾《ながのれん》を分けた。
入れ込みの土間は、がらんとして人影がない。
ただ左手の壁際には、各種の四斗樽《しとだる》が山と積まれていた。
奥に小上がりがあるが、そこにも客の姿はない。

朝には遅く、午《ひる》にはまだ間があるせいか。

右奥に階段があるところを見ると、二階座敷もあるのだろうか。

いずれにせよ、清瀬平蔵が指定した店なので、目付衆か［紀州屋］あたりと気脈を通じる店なのであろうが……。

さて、訪《おとな》いを入れたものかどうか、と日高が思案をしていると——。

——おや、これは、とんと気がつきまへんで……。

賄《まかな》い処から首を突き出した初老の男が、声と一緒に姿を現わした。

——はい。酒など頼もうかと思うて、顔を出しましたんやが……。

——午の支度中やったんやが、酒なら売るほどにおます。ま、どうぞ。

——では、頼みまひょか。小上がりでもよろしゅうおまっしゃろか。

——へえへ。お好きなとこに。

そこで日高は菅笠をとり、奥の小座敷の一角に腰を下ろした。

——地酒でも、よろしゅおすか。

——そうですな、〈櫻錦《さくらにしき》〉はございましょうかな。

——おや。てっきり浪華《なにわ》のお方かと思うたに……へえへえ、置いておますとも。

——いや、大和茶の買いつけに、こちらにはちょくちょくと……。しばらくは長逗留しますよってに、ときどきは顔を出します。

――そら、おおきに。

日向燗《ひなたかん》か、微温《ぬる》燗程度にと二合を頼み、あてには胡麻豆腐を選んだ。

この地は酒造りの盛んなところで、城下の内町、外町も併せて造り酒屋は、八尾村《やおむら》屋や松屋に伴堂《ばんどう》屋、竜田《たった》屋などなど、四十軒近くもある。

なかでも郡山城は湧水に恵まれていて、〈七ツ井戸〉と呼ばれる名水の水道があった。

そして、その水道権を持つのは、［笹屋］と［扇屋《おうぎや》］の二軒のみである。

日高が頼んだ〈櫻錦〉は笹屋の酒で、辛口を好む日高向けであったのだ。

やがて銚釐《ちろり》と盃に胡麻豆腐が、小女《こおんな》の手で運ばれてきた。

（ふむ……）

酒を一口含み、日高は頬をゆるめた。

（よい燗具合じゃ）

するりと、胃の腑に落ちていく。

ただただゆっくりと盃を傾けながら、日高は、またも来《こ》し方《かた》に思いを馳せるのであった。

城下を出て、野垣内村に老母とともに暮らしはじめたその日から、日高は都筑家老の郎党となった。

城下にては日高の気が咎めるだろうとの心配りとともに、城下からは指呼《しこ》の距離で、連絡が密に取れる、という両面から野垣内村が選ばれたのだろう。

さて、日高が都筑家老の郎党となったそのころ、大和郡山藩の家臣団は、姫路から続く〈譜代衆〉と、庶流の竜野から引き連れてきた〈雲州様衆《うんしゆうさましゆう》〉に、新たに取り立てられた〈新参衆〉の三派に分かれていた。

特に政勝は〈譜代衆〉には厳しく当たり、〈雲州様衆〉には加増恩賞が多かったため、〈譜代衆〉と〈雲州様衆〉との対立が目立つようになっていた。

(いや、なんとも、長く苦しい闘いであった……)

ついには政勝は、番代としての役目を反古《ほご》にして、我が子である政利に、そっくり大和郡山藩を継がせる、という布石を着着と進めはじめた。

まずは大老の酒井雅楽頭《うたのかみ》忠清と誼《よしみ》を通じ、政利が十五歳になるや元服をさせて、従五位出雲守の叙爵も得た。

さらには水戸藩の祖、徳川頼房《よりふさ》の八女である降姫《ふりひめ》を政利の正室に迎える。

ちなみに降姫は、水戸家二代目、徳川光国の妹にあたる。

こうして政勝、政利の父子は、水戸家の威勢と、酒井家の権勢を手中にしたのであった。

一方、本家である政長はどうか。

政長は、政利より年長であったのに、元服の沙汰もなく、弟の政信とともに、近習を六名ほど付けられて、城内に押し込め同然の身を託《かこ》っていた。

これに危機感を募らせた都筑家老の命《めい》により、日高は単身、江戸に出て、都筑家老の手足となり、日日を国許との連絡と幕閣への工作に明け暮れたものだ。

その間には、有馬の湯における政長暗殺未遂事件、さらには弟御の政信暗殺事件と、あからさまな事件が続く。

もっとも都筑家老の深慮遠謀で、政信は病死と幕府に届け出られた。

その間——。

大和郡山の城下は、ますます騒然となり、〈譜代衆〉は警戒を厳重にして、忍びの者を放って内偵を進めれば、〈雲州様衆〉もまた忍びの者を跋扈《ばっこ》させる。

結果、ひっきりなしに各派の家士が江戸と大和郡山の街道筋を行き来して、噂も広まっていくことになった。

結果として、隠すより現わる、とのことわざどおり、単に日高の工作だけではなく、江戸ばかりではなく各地においても、大和郡山藩において、庶流が本家を簒奪《さんだつ》の噂が、密かに語られはじめていた。

そんななか、寛文《かんぶん》十一年（一六七一）十月晦日《みそか》に政勝が江戸柳原屋敷で卒去《そつきょ》した。

やがて江戸表から、大和郡山にいる政長のもとに奉書が届き江戸に召された。

家督相続の件に、ちがいない。

その江戸では、本多家相続の件は、出雲守政利に仰せつけられるであろう、との下馬評がしきりであった。

これに対抗するため、都筑家老以下〈譜代衆〉の重臣たちは江戸に出て、酒井大老をはじめ、老中や若年寄宅を訪れては、

——万一にも、庶流をもって本家を相続との仕儀ともなれば、本多家譜代の士は一人とて承知せず、必ず一騒動も起こりましょう。筋目違いのなきようにお願い申す。

との口上で強談判《こわだんぱん》を続けた。

結果、大和郡山十五万石のうち、九万石を政長に、六万石を政利にという、一藩を本藩と支藩の二つに分ける前代未聞の幕府裁定が出た。

いわゆる〈九六騒動〉と呼ばれる所以《ゆえん》である。

これには政長、政利の双方に不満が残った。

政長にすれば、本来まるまる十五万石のはずが、六万石も庶流に簒奪されたことになる。

しかし、それまでの捨て扶持三万石を併せて十二万石との説得を受け、承知せざるを得なかった。

また政利にすれば、すべてが自分のものになるとの皮算用がはずれて歯噛みした。

しかし、いずれは政長を亡き者にして、すべてを取り返すとの執念に燃えた。

その執念は、今も続いている。

3

なにはともあれ、一応の決着を見て、政長の大和郡山本藩は、筋違橋《すじかいばし》御門内に江戸上屋敷を賜わり、都筑家老は江戸家老として常駐、日高は都筑家老の側用人に引き上げられて、江戸家老役宅横に家屋を与えられた。

そんなある日のこと。

都筑家老が日高を呼んで――。

――おまえ、長らく大坂に妾や娘を残したままであろう。気にはならぬのか。しばらく暇《いとま》を与えるから、会ってきてみればどうじゃ。

それを聞いて、日高は思わず落涙した。

決して、忘れていたわけではない。

大坂にて日高が捕縛されたとき、おひろは二十六歳、娘の小夜は八歳で、かよは三歳であった……。

あれから、すでに足かけ十九年、その間、音沙汰なしのほったらかし、というのは我ながら薄情すぎた。

もう、ひろは、すでに独り身ではなかろうが、せめて娘たちの消息など知りたい。

日高は、飛び立つ思いで大坂に向かった。

あのときの心情を、改めて噛みしめながら日高は、盃を静かに傾けた。

さらりと喉を通っていく酒の感触を、しみじみと味わいながら、日高はさらに往時を回顧する。

かつての妾宅だった今橋四丁目の家は、当時の姿のまま残っていた。

ただ住人が変わっていた。

――以前に、ここに住まっていた家族の消息をご存じではなかろうか。

――さあ。どうでっしゃろ。家持ちさんやったら、知ってはるかもしれませんけどなあ。

こぎれいな形《なり》をした中年婦人が答えた。

この家は、おひろの名義で買い与えたものであったが、今は貸家になっているようだ。

家持ちは同じ町内の油問屋とのことで、さっそく日高は、家持ちを訪ねた。

——ああ、おひろさんなあ。ほんに、健気《けなげ》なお方でおましたが、五年前にぽっくりと……。残念なことでおます。

——え！

日高は、心にぽっかり穴が開いた心地がした。

家持ちの話によれば、あの家を売るにあたっては、それを貸家として自分たちに住まわせてほしい、との条件をつけたという。

——その金子を命金に、おひろさんは仕立て仕事をしながら、つつましゅう暮らしてはりましてな。二人の娘さんを立派に育て上げました。

——さようか。で、その二人の娘さんは……？

——もしかしてやが、そなたはんは……もしや？

——はい。娘の父親でござる。

――ああ、やっぱり、さいでございましたか。最初に、あの家を買うときに訳を尋ねましたら、事情があって、主人は長らく留守をしておりますが、いずれは、必ず戻ってくるはず、と言わはりましてなあ。それにほだされたわけでおます。母娘三人、仕立て仕事で生活《たつき》をたてるには、立派すぎる家でっさかいなあ。普通なら長屋暮らしで精一杯や。

いやでも日高の目は潤む。

――で、姉の小夜ちゃんは、八年ほど前になりまっしゃろか。ほれ、すぐネキ（そば）の四軒町《よんけんちょう》にある「和田平《わだへい》」という大きな料理屋の主人に見初《みそ》められて、嫁入りをいたしました。

――ははあ……。

四軒町といえば、この今橋通りから一本南にある高麗橋《こうらいばし》通りの町で、ここからなら二町（二〇〇《メートル》）とは、離れていない。

しかし「和田平」という料理屋は、日高の記憶にない。

新店であろうか。

――で、かよのほうは？

――へえ、おかよちゃんは、おひろさんと一緒に仕立て仕事をしておりましたが、おひろさんが亡くなったあとに、あの家を引き払うて、これまたすぐ近くの……、ええと、魚《うお》の棚町《たなまち》は知ってはりまっか。

——はい、七郎右衛門町《しちろうえもんちょう》二丁目の……。

——そこだす。そこに雀寿司《すずめずし》で知られた魚屋がありまっしゃろ。

——はい、はい。たしか［河内屋《かわちや》］でしたか。

——そこでんがな。おかよちゃんは、そこに住み込み奉公で入りましたが、なんでも、そこの寿司職人と所帯を持ったと聞いておます。

［河内屋］がある魚の棚町というのは、土地の人たちが、そう呼ぶところで、土佐堀川を肥後橋《ひごばし》で南に渡って船場に入ると、西横堀《よこぼり》の東河岸道《かしみち》を南に七郎右衛門町一丁目、同二丁目と続く。

その二丁目から西横堀川に架かる、筋違橋《すじかいばし》から呉服橋《ごふくばし》にかけての一画に、五軒の鮮魚屋が軒を連ねていた。それで地元では、魚の棚町と呼ばれている。

なかでも［河内屋］は魚を売る傍ら、雀寿司という名物を商っていた。

これは小鯛を開いて寿司飯を腹に詰めたもので、膨らんだ腹や鰭《ひれ》の形が雀に似ているところから名づけられたものだ。

今橋四丁目の妾宅からも指呼の距離であったから、よく日高は、娘たちの土産に、この寿司を求めたものだった……。

そんな往時を懐かしみ、いまだ一人の客もない［けしずみや］の小上がりで、胡麻豆腐をちょちょいとつつき、日高は舐めるように酒を口に運ぶ。

我知らず、滲み出てくる涙を。気づかれないように手拭いで拭った。

さっそく日高は、四軒町に向かった。

まずは［和田平］に小夜を訪ねるつもりだった。

──父《とう》さま、よくご無事であられはりましたなあ。

突然に現われた日高に、ぼろぼろと涙をこぼしながら言った、あのときの小夜の声は、今も耳奥深くに焼きついている。

だが、そのときの小夜は、決して幸せとはいえなかった。

小夜が嫁いだ平蔵《へいぞう》は、京の［和田］という料理屋の次男で、のれん分けしてもらって、大坂・四軒町に店を開いて大いに繁盛していたのだが、小夜が嫁いでわずかに二年後に流行《はや》り風邪であっけなく亡くなった。

後家となった小夜は、必死に［和田平］の暖簾を守っていたが、親方を失った店では、料理人が一人去り二人去りして、衰退していった。

──せめて平蔵さんの子でも産んでおれば、京の本家からの援助もおましたやろけど、もう、ここもいつまで保《も》ちますことか。

——わかった。小夜。わしと一緒に江戸に来い。江戸にて、心機一転、［和田平］の看板を上げるのじゃ。金の心配ならいらぬからな。

——え？

こうして、四軒町の店仕舞いに取りかかりながら、日高は次女のおかよと、その亭主の信吉《しんきち》にも会った。

（思えば……）

日高は、酔いのせいか、いささかゆったりとした気分になって思う。

（かよと、信吉の夫婦にも、なにかと迷惑をかけたものじゃ）

夫婦を、この大和郡山に呼び寄せ、〈榧の屋形〉前の茶店をやらせたり、そのあとには大坂の順慶町で［鶉《うずら》寿司］を開店させたり……。

（そして今は……）

そのかよと信吉の夫婦は、小夜が消えた江戸は田所《たどころちょう》町の［和田平］にいて、初孫もできた。

（なんとも、奇《く》しき巡り合わせではないか）

もちろん江戸の［和田平］、大坂の［鶉寿司］の開店資金は、日高が預けていた秘密の掛屋から出ている。

我ながら、よくもくすねたものよ、と呆れるのだが、それでも掛屋には、まだ多額の金子が残っていた。

その資金を、いよいよすべて引き出すときがきた。

落合勘兵衛の子を宿し「和田平」から消えた小夜が、妹のかよに手紙を寄越したのは、昨年の八月のことであった。

それによると小夜は、山城の国、乙訓郡《おとくにぐん》の向日町《むこうまち》にいて、三年前の六月に玉のような男児を出産したという。

それを聞いて、日高は喜びの涙にむせんだものだ。

つまりは三年前の五月に、かよは女児（名はうずら）を産み、その翌月には小夜が男児を産んだことになる。

日高はたちまちにして、二人の孫を得たのだ。

すぐにも旅立ちたいのを我慢して、江戸は神田白壁町にあった支藩暗殺団を壊滅させたのを一区切りとして、日高は昨年の十二月も半ばに江戸を発った。

もちろん、山城の国を目指してである。

（ふむ……）

銚釐《ちろり》を傾けたが、盃の半分にも満たない。

（ふうむ……）

しばしの思案のうち――。

――おーい、すまぬが。

明るい声になって、小女を呼んだ。

――あと一合だけ、同じのを微温燗でな。

あのとき――。

日高信義の山城の国への旅装の打飼《うちがい》には、落合勘兵衛が、かよに託した小夜への書付と脇差を忍ばせていたものだ。

――はい。お待ちどう。

――おう、すまぬな。

小女が運んできた銚釐から、再び盃を満たし、日高は呑んだ。

4

昨十二月のうちに、日高は再び小夜と再会した。

大坂・四軒町から、ずっと小夜に付き従ってきた源吉《げんきち》とお時《とき》の夫婦だが、そのお時の実家近くが小夜たちの住むところであった。

——おう、これが我が孫か。なんと、まるまるとして可愛いのう。なんと名づけた？

——はい。勘太《かんた》とつけました。

——なるほど、勘太のう。

笑った日高に、小夜は恥じ入るように、身をよじった。

——実はの……。

小夜が［和田平］から姿を消したあと、落合勘兵衛が小夜を探して、大坂にまで出たことなどを、こもごも話す日高に、

——はい。そのことなら、かよからの返書で知っております。［和田平］を預けたお秀《ひで》に出した書状に、まさかにかよから返事がくるなど、ほんとうに驚いたものでございますよ。

——うむ。いろいろとあってなあ。いや、かよ夫婦には、なにかと迷惑をかけた。じゃが、今は［和田平］にて、お秀夫婦ともども仲良く和気藹藹《あいあい》と暮らしておる。

——そのようで、ございますなあ。で、勘兵衛さまから、かよに託された物がある

とか……。

——うむ。それじゃ。

日高は打飼から風呂敷包みを取り出すと、小夜の前に置いた。

——勘兵衛どのの脇差と、書状が入っておる。書状の宛名はおまえゆえ、わしもまだ見てはおらぬ。

——そうですか。

小夜は細長い包みを、両手で捧げ持ち、一礼したのちに包みを解いた。

小夜どの参る

それが書状の宛書きであった。

小夜の細く白い指が、封書を解いた。

無言で書状を読んでいた小夜は、やがて、そっと袖口で涙を拭った。

——…………。

——どうぞ。父《とう》さまも……。

喉を詰まらせたような声で、書状を差し出す小夜に、

――よいのか。
――はい。
――うむ。
日高は受け取り、落合勘兵衛の書状に目を走らせた。

小夜どのへ。
いずれ生まれくるであろう我が子に、なんらの心尽くしもできぬ父を不甲斐なく思う。ただ母子ともどもに健やかで息災なることを願うのみ。なお、我が子である証しに、我が脇差を拝送するもの也。
延宝三年師走
越前大野藩士落合勘兵衛之を記す。

とあって、最後には指印まで捺《お》されていた。
――ふむ。勘兵衛どのらしいな。
日高は言った。

――はい。一生の宝といたします。

――それはそうと、これから、どうするつもりじゃ。

――はい。居所を知らせたのちは、お秀さんから律儀に［和田平］の利益の送金がございまして、とりあえずの暮らし向きには困っておりません。いま少し勘太が大きくなれば、この近間にて茶屋でも開こうかと思っております。

――そうか。もう江戸には戻らぬのじゃな。

――とんでもございません。それでは江戸を離れてきた意味がありませんもの……。

――そうか。それでは、今後のことは、この父にまかせてくれぬか。

――と、いいますと？

――うむ。これは相談じゃが、江戸の［和田平］な。

――はい。

――あれは、妹夫婦に譲ってもらえぬか。で、おまえには、再び大坂で、新たな料理屋を開いてほしいと考えておる。

――それは、父さまのお考えどおりに……。

――そうか。まかせてもらえるか。そうと決まれば、こりゃ、忙しくなるぞ。

今も小夜母子と共に住む板前の源吉は、もう六十半ば、源吉の連れ合いで仲居頭だったお時も六十に近い。

新たな店ばかりではなく、腕のいい庖丁人も探さねばならない。

幸い、この年は十二月のあとに、閏《うるう》十二月がある年まわりであったから、十分な余裕がある。

腕のたしかな庖丁人の見極めのために、源吉を連れて、日高は大坂へ向かうことになった。

——それからな。

大坂に旅立つ日になって、日高は小夜に言った。

——おまえに、ひとつ頼みがある。

——なんで、ございましょう。

——うん、うん。こりゃあ、ずいぶんと先の話じゃが、この勘太が前髪を下ろすときになったら、四郎右衛門を名乗らせてほしいのじゃ。

世襲名を入れた日高の正式名は、日高四郎右衛門信義、その世襲名を勘太が元服ののちは使ってほしいと頼んだのだ。

——もちろん、仰せのとおりにいたします。

小夜の快諾を得て、日高は源吉とともに、勇躍大坂へ向かったのである。

良い物件に出会い、場合によっては居抜きで買うことも予想される。

その際に、どこの馬の骨かと眉に唾《つば》されることもあろうかと、日高は武家の正装で身支度をしていた。

5

それからひと月が経ち、腕のよい庖丁人の候補者は、だいたい絞り込めた。あとは、交渉を続けるだけだ。

しかし、まだ出店の場所が決まらない。

日高は、足を棒にして大坂市中を歩くが、帯に短し襷《たすき》に長しといった感触で、なかなかに眼鏡にかなう場所が見つからない。

船場を渉猟《しょうりょう》したのちは、天満《てんま》や中之島《なかのしま》界隈を漁り歩き、ひょっとして……と、土佐堀から長堀までの下船場も探り、これと感じた店には実際に入って食したりするものだから、なかなかに時間がかかる。

あまりに長くなっても小夜たちが心配するだろうから、とりあえずは源吉を向日町《あなぐ》に帰して、さらに探求する。

船場の南、長堀から道頓堀《どうとんぼり》の間を島ノ内《しまのうち》と称するが、次にはこの地区に取りかかった。

いよいよ新年まで、あと十日ばかりとなって、さすがの日高にも焦りが生まれはじめた。

やはり、ない。

(適当なところで、手を打つしかないのか……)

道頓堀を日本橋《にっぽんばし》で渡って島ノ内を出ながら、日高は考える。

(やはり、気乗りはせぬなあ)

橋袂から今宮村《いまみやむら》まで南に長く延びるのは、もう長町とも呼ばれる日本橋筋で、まだまだ辺鄙《へんぴ》な郊外だった。

(さて、どうしたものか……)

すでに陽が傾きはじめた橋上で、太陽に背を向けて、欄干《らんかん》に手をついた日高の目に映じたものがある。

——おっ!

思わず小さく声が漏れた。

標高はそれほどではないが、東には高台の丘陵が続いている。いわゆる上町《うえまち》台地だ。

大坂冬の陣のとき、豊臣方の軍師となった真田幸村《さなだゆきむら》が、真田丸と名づけた出城を築いたのも、その台地であった。

いや、それはどうでもいい。

日高が目にしている台地の南、天王寺村《てんのうじむら》にある聖徳太子《しょうとくたいし》建立の四天王寺《してんのうじ》界隈の高台は、夕陽の名所として知られ、土地の人たちからは〈夕陽ヶ丘〉とも称されている。

（あれは……）

日高は、遠い記憶をたぐり出した。

（わしが大坂留守居役として、この浪華に赴任してから、二年目だったか、三年目だったか？）

四天王寺の西方に、京の清水寺《きよみずでら》を模した新清水寺ができたとの評判を聞いたことがある。

なんでも清水の舞台もあって、眺望絶佳、しかも京・清水寺の音羽《おとわ》の滝《たき》ならぬ、玉《たま》出《で》の滝まであるという。

しかし当時の日高には、それほどの風流心もなく、ただただ遊興に溺れて見物する気も起こらなかった。

それが今橋に妾宅を構えて初めての新年を迎えたとき、おひろとの初詣で先に選んだのが、浪華の清水寺と呼ばれる新清水寺であった。

さて、この新清水寺——。

元は有栖寺《うすじ》と呼ばれる、粗末な寺が存在していた。

その由来は、古代から南北朝時代にかけての伊勢斎宮《さいくう》の制度と大きな関わりがある。

斎宮とは皇女から選ばれて、伊勢神宮に奉仕する斎王《さいおう》の御所《ごしょ》であるが、斎王には特に任期が決められてはいない。

しかしいずれは、その任が解かれて、新しい斎王が誕生する。

この任が解かれることを平安時代中期までは退出、と言ったが、以降は退下《たいげ》、と言い換えられた。

さて退下後の皇女は、必ず難波津《なにわづ》で禊《みそぎ》をおこなったのちに京へと戻る。

この禊がおこなわれた御祓所《みそぎところ》を有栖川《ありすがわ》と称したが、まさにその古跡を引き継いだのが、前述した有栖寺なのであった。

だが、そんな由緒のある有栖寺も、大坂の陣で損壊し、いつか破れ寺《やでら》同然に成り果てていた。

それを観世音菩薩《かんぜおんぼさつ》のお告げを受けたと称する延海阿闍梨《えんかいあじゃり》が登場して、その地に京の清水寺を模した舞台造の本堂を建立するとともに、同じく清水寺から千手観音《せんじゅかんのん》像を勧《かん》請《じよう》してきて、これを本尊として、名も清水寺と改めた。

それが、寛永《かんえい》十七年（一六四〇）のことである。

いささか、能書きが長くなったかもしれない。

しかし、前身の有栖寺の由来が、ほとんど消えかかっている現代、敢えて述した次第である。

話を戻して、日高とおひろの初詣でのことだ。

いや、日高は目を瞠《みは》った。

新清水寺の壮大さにではない。

眺望にである。

当寺の立地は、北側、西側、南側の三方が崖という高台になっていて、西南を眺めれば、見渡すかぎりの田園の彼方に、茅渟《ちぬ》の海《うみ》（大阪湾）がどこまでも広がっている。

遠くは友ヶ島《ともがしま》群島や、淡路島《あわじしま》の島影までも望めるのだ。

まさに一望千里、この浪華の地の近間に、このような場所があったとは……と、日高は無心の境地で驚き入ったものだった。

さて、この新清水寺の北側に、清水坂を挟んで一軒の茶屋があって、参詣の帰りに日高たちは、その茶屋に立ち寄った。

正直、酒肴には感心しなかったが、西南の展望を満喫しながら飲む酒は、また格別のものがあった。

（あのとき――）

日高は四天王寺を目指して、左手に無数の寺が続く西寺町筋を南下しながら、当時の記憶を追いかけていた。

結局のところは、あのとき一度きりの茶店のことだ。

屋号が何だったのか、までは思い出せない。

敷地はかなり広かったが、茶店自体は三十坪ばかりの平屋建てで、初詣でということもあり、入れ込みの総土間席は客であふれていた。

主人らしい壮年の夫婦と、小女が三人ばかり、天手古舞いをしていたのを覚えているくらいだ。

なにしろ、三十年ちょい昔の記憶だから、我ながら頼りない。

（しかし……）

今もなお、あの茶店がつぶれずに残っているならば……。

いや代替わりをしていたとしても、あの眺望ばかりは捨てがたい。

あの地で、ちゃんとした料理を出す料理屋を開ければ、それが当たらぬはずはない。

いま日高の胸を占めているのは、その確信なのであった。

（たしか、この坂であったよな）

いよいよ、天王寺七坂のひとつ清水坂《きよみずざか》の取っ付きにたどり着いたころ、すでに陽は大きく傾いている。

それほどの急坂ではないし、長さも一町（一〇〇メートル）ほどだから、一気に上った。

左の崖上には新清水寺、師走ということもあってか、参拝客の姿もない。

そして右手には、おそらくは卯《う》の花垣《はながき》と思われる、あまり手入れもされていない生け垣が続いていたが、冬枯れですっかり葉を落とした様子が痛痛しい。

その生け垣の切れ目の所に——。

眺望良し、清水の茶屋

と染め抜かれた旗幟《きし》が、棒杭に括り付けられていたが、元は白地だったらしい布地は、薄茶色に汚れている。

（ふうむ）

ずいぶんと寂れているようだ、との感触を抱きながら内に入り、雑木やら枯れ雑草やらに囲まれた小径を抜けると、たしかに覚えのある茶店が現われた。

6

繰り戸を開いて茶屋に入る。

昔どおりの総土間だったが、客の一人もいない閑散としたものだった。

西南に広くとられた窓障子の、雨戸を繰っている老爺が、一人いるだけだ。

――ごめん！

声をかけると、老爺が近づいてきて言った。

――そろそろ、店仕舞いをしようと思うとったんやが……。

――そうなのか。いや、それは残念、久方ぶりに大坂にきて、ここからの夕陽を楽しみにしていたのだが……。

――遠くからお出《い》でてでございまっか。

――うん。江戸からな。ここは三十年ぶりだ。

――さいで、おまっか。ほんだら、どうぞお好きなところにおかけやす。真ん中あたりは、まだ雨戸は閉じておまへんよってに。

――それは、すまぬな。では二合ばかり熱燗など頼めるか。

――へえ、酒肴は葱味噌《ねぎみそ》くらいしかおまへんけど、よろしゅおすか。

――おお、上等、上等。

土間に点点とある、床几《しょうぎ》のひとつに腰掛けた。

隅に小さな手焙《てあぶ》り火鉢があるが、炭は入っていなかった。

やがて先ほどの老爺が、小脇に小さな座布団を挟み、十能《じゅうのう》を手に現われて、

――寒《さぶ》うおますからな。

手焙り火鉢に十能から炭火を入れて、座布団を勧める。

――おう、これはすまぬな。

――夕陽には、まだ間《ま》がおますが、障子を開けまひょか。

――いや、それは、もう少しあとでよいが、そなたが、ここのご亭主か。

――さいでおます。

――いや、こうして一人で呑むというのも、なにやら手持ちぶさたでな。迷惑でなければ、相伴《しょうばん》などしてもらえば、ありがたいのだが……。

すると、日高よりは二つ三つは年上と思われる亭主は、少し考えたのちに、

――ほんなら、ご相伴にあずからせてもらいます。

――いや、わがままを言うてすまぬな。じゃあ、酒や肴も追加してくれ。十能を手に一旦は立ち去り、もう一つ座布団を持参して、

――では、おことばに甘えさせてもらいます。

日高から少し離れて、床几に腰掛けた。

――先ほど、三十年ぶりと言わはりましたなあ。

――うん。当時は藩の御用で大坂に滞在しておって、その折にな。初詣での帰りに立ち寄ったのだが、満席であった。そういえば、まもなく新年だから、さぞ賑わおうな。

――さいです。ところが手伝いの女子衆《おなごし》が、なかなか見つからんで、往生《おうじょう》しとりますのや。

さっそく愚痴《ぐち》が出た。

――ほう、そりゃあ難儀なことだな。わしゃ、しばらくは、この大坂に滞在するのだが、その女子衆は何人くらい必要なのだ。良ければ、心当たりを当たってみるが……。

――ほんまでっか。

というところで、そろそろ還暦と思われる年ごろの女が、銚釐二つと盃に、小鉢も

のを運んできた。

——まあ、互いに手酌でいこう。

日高が機先を制して言い、銚釐から酒を注ぎながら続ける。

——今のが、女将《おかみ》さんかい。

——さいでおます。普段は二人でなんとか切り盛りしておるんやが、正月の三箇日《さんがにち》や、清水はんの祭礼のときなどは、とても二人だけやと間に合いまへん。

——すると、とりあえずは、正月三箇日の女子衆だな。何人ぐらい必要なのだ。

盃を傾けながら尋ねた。

——できれば、三人ほどもいれば助かりますんやが。

そんなふうに話は進み、やがては障子を開いて、雄大な夕景色を眺めつつ、酒を飲む日高だった。

翌朝、延宝五年（一六七七）閏十二月の二十日——。

定宿にしている八軒屋船着場にある［大坂屋］を出た日高は、まっすぐ北新町に向かった。

大坂京橋口定番《じょうばん》屋敷に近いこの町には、人宿《ひとやど》……江戸でいう口入れ屋が何軒かあった。

もっとも大坂では口入れ屋とは呼ばずに、口入之者《くちいれのもの》と呼ぶ。

また大坂定番とは、大坂城代のもと大坂城の警護に任ずる役で、一、二万石の小大名が当てられる。

——ごめん。

さっそく目についた［盛り屋《さかや》口入之者］店に入ると、日高の身形《みなり》から上客と見たか、番頭らしいのがやってきて、

——へい。どのような御用で。

——うむ、実はの……

これこれこれと説明をすると、

——ははあ、女子衆を三人ほどね、それも正月の三箇日だけでごわりまっか。

当てのはずれたような声を出した。

——仲介料ははずむによって、なんとかならぬか。

——さいでっか。で、女子衆の給金のほうは、どうなってまっか。

昨夜、［清水の茶屋］の亭主から聞いた給金の五割り増しを告げた。

差額は、日高が持つつもりだ。

——へえ、そんなに……。承知しました。なに、近間の一膳飯屋や、うどん屋なんかは、たいがい正月の三箇日は休みますよってに、すぐにも見つかりまっさ。おーい、コウゾウはん、ちょっと。

傍らにいた手代らしいのを呼ぶと、日高から少し離れて、いくつかの店の名を上げ、これこれしかじかと指示を出した。

日高は聞くともなく、耳に入ったところでは、日高が告げた給金より二割ばかり安くなっていた。

いわゆる口銭は、依頼主と斡旋相手の双方から取る、という方式らしい。

やがて戻ってきた番頭が、

——どうも、お待っとうはんでおました。なに、半刻（一時間）もかからんと思いますけど、よかったら、あちゃらでお待ち願えますか。オブゥなど出させてもらいますよってに。

店先に置かれた床几を指した。

——では、そうさせていただこうか。

待つことに決めた。

上方《かみがた》ことばでオブゥというのは、お茶のことで。ブブとか、オブなどとも使われる。

なるほど、半刻もせぬうちにコウゾウと呼ばれて飛び出していった手代が戻ってきた。

なにやら結界《けっかい》の中の番頭と話をはじめ、番頭は頷きながら、筆を運ばせていたが、やがて日高の所に寄ってきた。

――どうも、お待っとうはんでおました。へい、女子衆三人が揃うてございやす。こちらが、その三人の名と所書き（住所）でごわります。来年の正月三箇日、五ツ（午前八時）どきから日暮れまで、まちがいのう清水の茶店まで責任を持って差し向けさせてもらいます。つきましては……。

女子衆三人の三日分の給金と、斡旋料の額を告げた。

――ということは、女子衆の給金は、こちらのほうで払う、ということか。

――さいでおます。きちんと勤め上げたことを確認した上やないと、そちらさんにもご迷惑がかかりまっしゃろ。

――なるほどな。承知した。

請求された金額に多少の色をつけた。

――こら、おおきに。また御用の節には、いつでもお越しください。

女子衆三人の名や所書きが書かれた紙片を懐に入れて、その足で日高は再び［清水の茶屋」に足を向けた。

昨夕の亭主とのさりげない雑談で、「清水の茶屋」には、これと決まった後継者がいないことまで聞き出している。

たとえいたとしても、金の力で強談判するつもりだった日高にとっては、まことに好都合といえる。

（とりあえず、きょうのところは……）

女子衆三人の手配を終えたことだけを知らせ、肝腎の話は明日の夕刻にしよう、と日高は考えていた。

老女鈴重《すずのえ》再び

1

大和郡山の居酒屋［けしずみ屋］に客がきたのをしおに、日高は店を出た。

今ごろ小夜たちは……。

忙しく働いておるであろうな。

そう思う。

［清水の茶屋］亭主との買い取り交渉は、まとまり、なにかと繁多な手続きはあったが、この一月中には引き渡しが終了した。

それを待っていたように、さっそく大工や植木屋が入って、数寄屋造《すきやづく》りの二階屋に建て替え、源氏塀《げんじべい》の新築、植栽などの諸工事がはじまった。

金に糸目はつけぬからと工事を急がせた結果、四月の半ばを待たずに、新たな茶屋が完成し、小夜や勘太に源吉夫婦が入居した。

また、丈太郎《じょうたろう》という庖丁人も二人の弟子を引き連れて入店を終えたし、［盛り屋口入之者］店の斡旋で、仲居も三人ばかり雇い入れた。

さて新たな屋号には、日高自身は［夕陽楼《せきようろう》］というのを考えていたのだが――。

――いずれ勘太が成人して、この店を引き継ぐ際に、勘太自身が決めるのが良いと思います。

との小夜の意向もあって、とりあえずの屋号は［酒楼　清水の茶屋］ということになった。

その間、まあずいぶんと出費はかかったが、手許には、まだそこそこの金子が残った。

――これは当座の運転資金にな。

こうして、昔に藩から横領した金は、きれいさっぱりなくなった。

決してそれで、昔の罪が償われたわけではないが、日高は小夜たちと別れ、落合藤次郎が待つ、この大和郡山へやってきたのだ。

（まもなく正午だな）

頭を冷やしてくる、と飛び出してきた日高だが、

（心配していような……）

あるいは、微醺《びくん》を帯びて戻ってきた日高を見て、藤次郎は怒りだすかもしれん……。

首をすくめる日高だった。

ところで、これはのちのちの話になるのだが——。

小夜が女将として切り盛りする［酒楼　清水の茶屋］は、日高の眼鏡にかなったとおりに繁盛し、勘太が十五歳で元服し、四郎右衛門を襲名したころには増築して、宿泊施設も備えている。

その二年後の元禄《げんろく》五年（一六九二）の五月には、その評判を聞きつけて、オランダ商館の医師ケンペルが、江戸参府の帰途に客として訪れた。

その様子は、ケンペルの『江戸参府旅行日記』にも記されていて、以降、オランダ商館の館長や随員たちは、機会あるごとに来訪している。

ケンペル来訪より二年後の元禄七年には、晩年の松尾芭蕉と一門が、［酒楼　清水の茶屋］に集い、半歌仙を巻いた。

その翌年の元禄八年、四郎右衛門が二十歳、［酒楼　清水の茶屋］が創業十七周年を迎えた四月に、四郎右衛門は小夜から店を引き継いだ。

そして屋号を［浮瀬《うかむせ》］と改めている。

四郎右衛門は経営の才に恵まれ、あの手、この手の企画を打ち出し、［浮瀬］は大料亭へと変貌を遂げていった。

その評判は京や江戸にも及び、商標登録などなかった時代だから、京には［浮瀬］を名乗る料理屋が数軒、江戸では浅草の大川沿いに［浮瀬］を名乗る料理茶屋が開店したほどだ。

では、本家本元の様子はというと――。

大坂の浮世絵師、暁《あかつき》鐘成《かねなり》が著す『摂津名所図会大成』には、次のように描かれている。

西南の眺望よく庭中に八花紅葉をはじめ四時に花ある草木を植て遊客を慰む頗《すこぶ》る興ふかき勝地なり

と――。

2

頭を冷やしてくると言い置いて、日高が出ていったあとの落合藤次郎は、とりあえず三和土横に付随している流しで、朝餉の食器を洗った。

それから水瓶《みずがめ》が減ったので、水桶を手に中庭に向かう。

それほどに広い庭ではないが、ここには井戸があり、路地に通じる裏木戸がある。

その裏木戸を藤次郎たちが使うことはないが、家持ちの［祇園屋宗兵衛］によれば、三ヶ月に一度くらい、近隣の百姓が下肥《しもごえ》を汲みにやってくるそうな。

それで裏木戸は、厠《かわや》の近くに設けられていた。

中庭の立木《たちき》は百日紅《さるすべり》が一本きり、紅色の花蕾《つぼみ》が膨らみはじめているが、まだ花はない。

あとは雑草ばかりだが、目を凝らせば露草の青や、藪枯《やぶが》らしの桃色の小花が、ちらほらと目につく。

藤次郎は水を汲み、水桶を満たして二度往復すると、水瓶はいっぱいになった。

それから洗濯をし、庭の水やりを終えると、もうすることがない。

――…………。

あれやこれやを頭に浮かべながら、床柱を背に、ぼんやり中庭を見つめていたら、つい、うたた寝をしていたようだ。

――ただいま。

の声に、ふと目覚め、

――あ、お帰りなさいませ。

あわてて立ち上がった藤次郎だが、日高は上がり框に腰を下ろし、

――今朝方は、すまなかったな。

脱いだ皮草履をそろえながら、背で言った。

――いえ、こちらこそ。

――十分に頭を冷やしてきた。ついでに、ちょいと、例の［けしずみ屋］を覗いてきたぞ。

――さようですか。で、どのような店でしたか。

――ふむ。なかなかに良い店じゃった。酒の種類も豊富でな。もっとも、客はわし一人きりで、久しぶりでもあったから、ちょと呑んできた。

――ははあ。では、茶など淹れましょうか。

――すまぬな。じゃあ頼もうか。

今朝方のことには、もう触れず、二人で茶を喫しながら藤次郎は、

――そういえば、ここには酒の道具はおろか、酒すら置いておりませんでした。さぞ、ご不便ではなかったでしょうか。

――うむ。多少は寂しい気がしたが、なかなか言い出せぬでな……。

――いや、これは気の利かぬことで申し訳ありませんでした。午餐のあとにでも、さっそく買い求めてまいりましょう。

――じゃ、頼もうか。で、酒のほうだが、本町に「笹屋甚七《ささやじんしち》」の看板を上げた造り酒屋があっての。そこの〈櫻錦《さくらにしき》〉という銘柄がよい。

――「笹屋甚七」店の〈櫻錦〉でございますな。

――うん。それとあとは酒器だが、銚釐と猪口《ちょく》あたりを適当にな。こいつも本町で売っておる。

日高が、すっかり上機嫌になった様子に、藤次郎は胸が晴れた。

さて、その夕は藤次郎と日高の二人で、久方ぶりの晩酌となった。

――少しばかり、お教えいただきたいことがございます。

互いに手酌でやっていたが、頃合いを見て藤次郎は言った。

――なんじゃ。

――はあ、支藩との紛争の訳は、おおかたのところ理解しておりますが、なにしろ新参者にて、大本《おおもと》のところが、いまひとつ……。たとえば昨夕の話で、譜代衆ということばが出ましたが、これは国替えで播州姫路から殿に従ってきた家臣団のことと理解して、よろしゅうございましょうか。

――ああ、そういうことだ。

――もうひとつわからぬのが、獅子身中の虫と目《もく》される支藩側の家士が三十数名もいるとか、いったい、どういうわけで、そんなことになったのでしょうか。

――なるほど。そういえば、そういった経緯《いきさつ》を詳しく話したことはなかったかな。いやいや、これは、この大和郡山を本藩と支藩に分けられた七年前に遡《さかのぼ》るのじゃが……。

大和郡山藩襲封につき、幕府の裁定が下されたのが、寛文《かんぶん》十一年も押し迫った十二月二十八日のことである。

それから一ヶ月、幕閣においては大和郡山藩の人分け、領地分けが、酒井大老主導の下《もと》に検討された。

そして翌年の正月二十八日、本藩、本多中務大輔政長の江戸屋敷において、幕閣から は大目付滝川播磨守《たきがわはりまのかみ》、御先手頭の横田次郎兵衛《よこたじろべえ》に中根日向守《なかねひゅうがのかみ》の三名を上使として迎え、中務大輔、出雲守の両名が対座して、またそれぞれの重臣も着座して協議がおこなわれた。

といっても協議とは名ばかりで、要は幕閣の決定事項が告げられたにすぎない。

結果、人分けについては——。

中務大輔に奉公する者は、都筑惣左衛門以下、八百四十九人。

出雲守に奉公する者は、深津杢之助《ふかつもくのすけ》以下四百九十七人。

但し、前藩主の本多政勝一代にて召し抱えられた、いわゆる新参衆については、三分の二を中務大輔に、三分の一を出雲守へ。

さらに領地分けの詳細も、伝えられた。

——と、いうわけでな。まあ、酒井大老の息がかかって、万事が出雲守政利に有利な領地分けであったが、我が主の都筑さまは、ぐっと自重して今日に至っているわけだ。

と、日高自身も悔しそうに言う。

対して藤次郎は、

か。
——すると、獅子身中の虫は、新参衆から分けられたなかにいた、ということです
——さよう。我らが殿さまに心を寄せながら、出雲守の家来になった者もあれば、
その逆もあったということよ。
——ははあ、ようやく合点がいきました。
藤次郎は腑に落ちたが、いまひとつ合点のいかない点があった。

3

——もう少し、お尋ねしてもよろしいでしょうか。

——訳のわからぬことがあれば、気色《きしょく》悪かろう。なんでも尋ねよ。

好みの酒が入り、日高は上機嫌に答えた。

——では、お尋ねいたします。我らに与えられた任務は、医師の片岡道因と、その子の太郎兵衛、それから主君の小姓である天神林藤吉と四月朔日《はたすき》三之助の計四名。このうち天神林藤吉につきましては、三年前に日高さまとともに苦労して、その正体を調べましたゆえ、よくよく承知をしておりますが……。

——ふむ。そうであったのう。まさかに藤吉が出雲守の囲い者で、〈榧の屋形〉の主の〈お房の方〉の倅だった、とわかったときには驚いたのう。

——はい。なんでも藤吉が殿の児小姓《こごしょう》となったのは、まだ殿が部屋住みのころに、一夜松天神の祭りで見初《みそ》めたのがきっかけでございましたな。

——さよう。もう十数年前の話じゃな。殿は幼きころから六人ばかりの近習をつけられて、押し込め同然に過ごされてきたが、いつまで経っても元服の沙汰もない。これに我が主や譜代衆の主立った者が、番代の政勝に強く抗議しての。そこで殿は政勝の養子に迎えられて元服し、さらには幕府に願い出て、部屋住み料三万石を与えられることになったのじゃ。それが、およそ二十五年ほど前——。

一息ついて、日高は猪口から酒を含み、

——それから八年ほどののちに、ようやく従五位下市正《いちのかみ》の叙爵を受けた。たしか、殿が二十九歳のときだったと記憶しておる。その翌年には有馬《ありま》にての暗殺未遂事件が起こり、弟君の監物《けんもつ》政信が毒殺された。天神林藤吉が現われたのは、その翌年ということになろうかな。

——ははあ……。

思わず藤次郎は自らの銚釐の酒で、日高の猪口を満たしながら考えた。

──なんだか、微妙な頃合いですね。殿が藤吉を見初めたのは、果たして偶然だったのでしょうか。

──わからぬ。だが、偶然というには、あまりにも解《げ》せぬ。やはり仕組まれたものであろうな、と、わしゃ考えておる。

──そうでございましょうなあ。

三年前に日高とともに天神林藤吉の前身を調べたところでは、元の名は小吉《こきち》、それを養っていたのが八条村の百姓の長吉《ちょうきち》、長吉には三人の伜がいて、末っ子の三太《さんた》が小吉の兄貴分であった。

そして、その三太が、現在の四月朔日三之助である。

これが、偶然であろうはずがない。

日高が言う。

──そもそも我らが、藤吉と三之助に目をつけたのは、四年前の例の襲撃未遂事件の折じゃった。

──はい。忘れもしません。それが縁でわたしが仕官できたのですから……。

四年前、中務大輔政長は参勤交代で国へ帰る途次に、熱海《あたみ》で湯治を幕府に願い出て、これを許されていた。

そして小田原から熱海に至る根府川《ねぶがわ》往還にて、弓鉄砲にて政長を討たんとする暗殺集団があった。

首魁は熊鷲三太夫《くまわしさんだゆう》、実はこれ、越前大野藩の脱藩者、山路亥之助の変名であった。その山路亥之助を追っていた兄の勘兵衛が、事前にこの襲撃計画を察知したために未遂に終わり、一味は捕らえられたが、首魁だけを取り逃がしている。

一方、熱海へ向かう政長一行の道中途次で、絶景をご覧なされと、政長を駕籠の外へ誘い出した者が二人いた。それが藤吉と三之助で、その折の挙動が不審だった。

このときまで、誰一人としてこの二人を疑う者はいなかったのだが、これを機に二人は要注意人物と目《もく》されることになったのだ。

大和郡山本藩では、これを機に兄の勘兵衛を譲り受けたいと懇願したらしいが断わられ、そのお鉢が藤次郎にまわってきた、ということだ。

そして藤次郎は日高とともに、藤吉らの身許調べをはじめたのであった。

日高が話を続ける。

──幼きころより押し込め同然に育った殿は、女体を知らぬまま男色の道に誘い込まれて、ついには、その虜《とりこ》となってしもうた。

嘆ずるように言って、ぐびりと猪口をあおった。

――……。

返事もままならず、藤次郎はまたも自分の銚釐で、日高の猪口を満たした。

――お、すまぬの。ま、そんなところへ美童の藤吉を見いだして児小姓としたのだが、なんの児小姓というよりは尻小姓だ。その寵愛ぶりは今も変わらず、いかなる諫言にも一切耳を貸さず、片時も藤吉を側から離さぬという溺愛ぶりでなあ。

正直なところ、藤次郎は嫌悪感を抱くが、異様な幼少期を過ごして、そういった性《さが》が身についたであろうことを思えば、一種の哀れみも覚える。

――ということは、御正室さまとは……？

政長は、本藩の藩主となったあと、土佐藩主山内忠豊《やまのうちただとよ》の娘・フウ姫を正室として迎えている。

――知れたこと……。〈フウの方〉さまとは、一度とて褥《しとね》を共にしてはおられぬ。

――ははあ、では未だに女性《にょしょう》とは……その……。

――両刀遣いのできるような器用なお方ではない。天神林藤吉、一本槍じゃ。

――ふうむ……。

こりゃあ、どうにもならぬな、とあきらめ、藤次郎は話題を変えた。

――ところで、片岡道因と太郎兵衛の親子は、どのような由来がございますのでしようか。

――おお、そのことか。なに医師の片岡道因は、元もとは政勝の近習であったのだが、殿を養子にする際に父子ともども、御附人《おつけびと》として遣わされた者たちだ。

――ははあ、御附人……。

一般には大名本家から分家に、監督として付けた家老が付人《つきびと》とか御付《おつき》と呼ばれるが、なんとも珍しい話であった。

だが、これにて藤次郎の疑問は、すべて氷解したのであった。

4

数日をおいた夕刻――。

さっそくモズから、片岡太郎兵衛が城外に出ようとしているとの報せが入り、藤次郎は日高とともに豆腐町の陰宅を飛び出した。

とりあえずは大手前まで急ぎ、日高が大手橋に目を凝らす。

――おう、あやつじゃ。

折から渋帷子の着流しに黒の帯、明らかに本多家家臣と知れる人物が、大手橋を渡ってくる。

——よく面体を覚えるようにな。

言いながら日高は菅笠をつけながら、物陰に入った。

年のころは四十過ぎ、やや間延びした顔で、鼻の脇にほくろがあることまでを見取ってから、藤次郎も物陰に入った。

——しかと、見届けました。

藤次郎も菅笠をつける。

片岡太郎兵衛は左手に深編笠をぶら下げて、柳町通りをゆっくりと南下した。

藤次郎と日高は、つかず離れず跡を追う。

やがて太郎兵衛は、柳町三丁目の十字路を左折した。例の〈やこうさん〉への道筋だ。

曲がったあとの太郎兵衛は、歩きながら深編笠をかぶった。

（はて？）

ここにきて、面体を隠すには、どのような理由があるのだろうか。

そんなことを考えながら歩く藤次郎だったが——。

（ほ？）

いきなり太郎兵衛の背姿が、不意に右手に消えた。南北に通る新紺屋町の、やや手前である。

（あれは……）

やや小走りになって、太郎兵衛が消えた街角から確かめると、洞泉《とうせん》寺町《じちょう》を行く太郎兵衛の後ろ姿があった。

思わず、そこで足が止まっている藤次郎に、日高が近づいてきて言う。

――色町じゃな。

――はあ。

――さては、遊んだか。

――滅相もない。実は三年前に、そうとは知らずに入り込んで、客引きの女どもに、さんざんおもちゃにされたのです。

などと言い交わしているうちに、片岡太郎兵衛の姿は、一軒の遊女屋に消えた。

日高が、笑いをこらえたような声で言う。

――無駄足じゃったようだな。戻ろうか。

――疑念は、ございませんか。

――ないない。手間つぶしじゃったってことだ。

それで二人して引き揚げる途次で、日高がからかうように言う。

――で、三年前じゃが、どのようにおもちゃにされたのじゃ？

――からかわないでください。当時は十七歳。いたぶる客引きたちから逃げるのに、さんざ苦労をしたのですから。

――なるほどのう。じゃが、もうとっくに、おなごを知っても、よい年ごろではないか。ほれ、あの洞泉寺町以外にも、柳町大門を出てすぐのところにある東岡町《ひがしおかちょう》でも遊べるんだぞ。

返事をすれば、いつまでもからかわれそうなので、藤次郎は無言のまま、足を速めた。

実のところ――。

昨年の八月のことだが、清瀬拓蔵とともに越前小浜《おばま》にて、山路亥之助がもくろむ毒《どく》箸《ばし》造りの動向を探っていた折のことだ。

なんとなく話がまとまって、小浜城下は柳町の遊郭に遊んだことがある。

それが、いわゆる初体験であったのだが、奇《く》しくも今歩いている柳町と同名であることに気づいて、藤次郎は、ぽっと頬が熱くなった。

それから日を置かずして――。

またもやモズから報せが入った。

——片岡道因が、城から出ます。

——あいわかった……。

今度のモズが中間《ちゆうげん》姿だったので、藤次郎は少しばかり訝ったが、日高に声をかけ、早早に豆腐町を飛び出した。

もし落合勘兵衛が、その中間の顔を見たならば、大いに驚いたはずだ。

というのも、その中間の正体は江戸における増上寺掃除番……大目付直属の黒鍬者《くろくわもの》である、菊池兵衛《きくちひようえ》に相違なかったからである。

再び藤次郎と日高は、大手前に駆けつけた。

——あれじゃ。

日高が指した人物は、年のころなら日高とおっつかっつ、いや、あるいは日高よりは年長と思われる老人で、白い顎髭を長く蓄えていた。

服装は渋帷子に黒の帯だが、同じく柿渋を引いた袖無し羽織に、頭には同色の宗匠頭巾《そうしようずきん》を被っている。

(なるほど、医師らしい……)

あまりに特長的なので、尾行は楽だと思った。

片岡道因は柳町通りには入らず、大手前からまっすぐ東に、今井町にある、やや規模の大きな八百屋に入った。

藤次郎と日高は、そのまま通り過ぎて、八百屋を見通せる辻から見張った。

——八百屋になんの用でしょう。

——さて……。買い物であろうが、なに、のちほどに調べることもできよう。

小半刻《こはんとき》（約三十分）もせぬうちに、道因は八百屋の番頭らしき男に見送られて出てきた。

手ぶらであるから、なにやらの注文をしたらしい。

道因が、こちらに向かってくるので、藤次郎たちは辻の奥へと姿を隠した。

道因が、今井町をさらに東へと歩むのを見取って、さらに尾行を続ける。

道因が次に向かったのは、城下町の北東端にある北鍛冶町の薬種屋で、八百屋同様に小半刻ばかりで姿を現わした。やはり手ぶらである。

その後は、どこにも寄らずに城へ戻った。

——ふむ。

再び大手前で、日高が言う。

——ちょうど明日が二十五日、道因がなにを購《あがな》ったかは、目付衆に調べてもらおう。

五のつく日は［紀州屋］寮での会合の日であった。

さて翌日の会合の席には、徒目付の馬場軍次郎《ばばぐんじろう》が一人、藤次郎たちを待っていた。

馬場からは、これといった話もなく、日高は片岡道因父子の動きについて説明し、馬場は道因が立ち寄った八百屋と薬種屋で、なにを求めたのかを調べてみよう、と約束した。

そして翌月、六月五日の会合には、徒目付頭の清瀬平蔵と、前回の馬場軍次郎の二人が待ち受けていて――。

――片岡道因が今井町の八百屋で注文したものは、月ヶ瀬《つきがせ》産の梅の実が三貫目に赤紫蘇《しそ》の葉が一貫目。また北鍛冶町の薬種屋にては、大量の砂糖と蜂蜜であった。すでに現物は、道因の手許に届けられたが、それらをどう使おうというのかは、いまだ不明だ。

と、清瀬平蔵が言った。

さらに六月十五日には、清瀬平蔵一人が待ち受けていて、

――片岡道因が言うには、食の細い殿のため、〈月ヶ瀬漬け〉なる甘露《かんろ》梅を作ろうとしている、とのことだ。鵜呑みにはできぬが、食欲増進と体力の回復に効があるとのことでな。

という説明とともに、梅の実をひと月ばかり砂糖に漬け込み、ひとつひとつを赤紫蘇の葉で包んで、また砂糖に漬け込み、次には蜂蜜に漬け込み、というのを繰り返して、およそ半年後には完成する、らしい。

――ふうむ……。

日高は首を傾げたが、藤次郎にも、その〈月ヶ瀬漬け〉なるものが、怪しいのか、怪しくないのか、とんと見当はつかない。

――念には念を入れて、道因から目を離さぬゆえ、懸念には及ばぬ。

との清瀬平蔵のことばを信じる以外、藤次郎たちには為す術《すべ》はない。

5

さて舞台は、再び江戸に戻る。

大和郡山にて、日高と落合藤次郎が〈月ヶ瀬漬け〉なるものの説明を受けていることろ、越前大野藩の藩主である松平直良は、国帰りの途次に倒れ、鎌倉・雪の下の安楽院にて病の床についていた。

その後に高輪の下屋敷に移されたが、六月二十六日に卒去する。

直良の遺言によって、その遺体を京は東山の禅林寺に葬るべく、下屋敷から送り出されたのが七月の一日のこと――。

落合勘兵衛は、江戸留守居役の松田与左衛門吉勝《よしかつ》とともに高輪に出向き、これを見送っている。

これで、いよいよ若ぎみであった松平直明の時代に入る。

勘兵衛は若ぎみ付家老の伊波利三《いなみとしぞう》と小姓組頭の塩川七之丞《しおかわしちのじょう》と三人、これから如何にして直明を支えていくかについて、語らった。

勘兵衛にとっては、伊波も塩川も幼少のころからの親友であり、特に七之丞は、勘兵衛の妻である園枝の兄でもあった。

「で、幕閣から襲封のお許しが出るのは、いつごろになろうか」

と、伊波が問う。

「そのことだが、実は先月の半ばに、京にて東福門院……すなわち徳川秀忠さまのご息女で、後水尾天皇に嫁がれた和子さまのことだが……」

その東福門院が薨去したことが伝わり、各種の儀礼の準備で、幕閣は天手古舞いであることを勘兵衛は告げて、

「その御法会のため、この数日のうちにも、御老中の稲葉正則さまが京に上られる。

この江戸に帰参するのは二十日過ぎということだから、襲封の許しが出るのは、おそらくは来月のことになろうと思う。

それも、四十九日の忌明け、つまりは八月十五日よりのちのことになろう、と思われる」

「なるほど。で……、こたびは邪魔が入るまいな」

小声になって、伊波が言う。

「酒井や、越後高田のことか」

やはりつぶやくように答えた勘兵衛に、無言で、伊波も塩川も頷く。

実は昨年の四月、国帰り中に風邪をこじらせ、参府できなくなった大殿の見舞いに、直明ぎみが帰国することになった。

その道中での暗殺計画を察知していた勘兵衛は、替え玉を使った囮《おとり》の行列を使うことを提案した。

それゆえ伊波も塩川も、大老や越後高田の家老、小栗美作の策謀については知っている。

「こたびは、その心配はないと思う。詳しい話については、席を変えないか」

「それも、そうだ」

言って伊波が矢立《やたて》に懐紙を取り出した。

筆談にしようというのである。

事は秘中の秘であって、直明はおろか、その近習すら知らぬことであった。

聞かれてはならぬことは、山ほどにあった。

伊波が筆を走らせる。

明明後日正午　芝の増上寺の蓮池

そこを密談の場にしようというのである。

明後日には初七日の法要があるから、その翌日を選んだようだ。

「そうしよう」

勘兵衛は答えて席を立った。

こうして七月四日には、芝増上寺にて密談が交わされ、越後高田藩の情勢を伝えたり、今後の方針などを確認しあったが、とても一度きりの密談では間に合わない。

といって、そうそう伊波と塩川が揃って下屋敷を留守にすることもできぬので、二度目の密談の場は、三七日《みなぬか》の翌日、すなわち十八日に、下屋敷から近い下高輪の東禅《とうぜん》寺《じ》の境内と決まった。

　その翌日には、国許から大名分の津田左衛門富信《さえもんとみのぶ》と家老（といっても、ほとんど名誉職）の津田図書信澄《ずしょのぶすみ》が、愛宕下の江戸上屋敷に到着した。

　両津田家は織田信長《おだのぶなが》につながる家系で、越前大野藩にとっては特別の家ゆえに、若ぎみが鎧着初《よろいきぞめ》の儀式ののち参府して、江戸城にて将軍家綱に拝謁したときも、この両津田家が陪席している。

　今回も同様に、直明に襲封が許されたのち、直明に陪して登城し、家綱公に拝謁するための江戸入りであった。

　大殿喪中のため、歓迎の宴などは開かぬまでも、勘兵衛も江戸留守居の松田にくっついて、江戸家老の間宮定良ともども、両津田家の主に挨拶をした。

　大名分の津田富信は、やや高飛車で口数が少なかったが、津田信澄のほうはなかなかに愛想がよく、

「おう、無茶の勘兵衛ではないか。小童《こわらわ》のころには、ずいぶんと城下を騒がせたものだが、いや、立派に成長したのう。その評判のほどは聞いておる。いずれは、そこの松田どのの跡を継いで、江戸留守居役になる器だそうだな」

「滅相なことでございます。まだまだ未熟者ゆえ、身をすくめる思いがいたします」

事実、勘兵衛は、大いに困惑したものだ。

それはさておき――。

ここまでくれば、あとは直明に襲封の許しを待つばかりとなって、勘兵衛は松田の許しをもらい、元の耳役としての役目に戻ることにした。

その三日後――。

(そういえば……)

露月町の町宿で、妻の園枝と朝食を摂りながら勘兵衛は思い出した。

(あれは、この四月のことだったか)

六月には一緒に、山王祭《さんのうまつり》の見物に行こうと約束していたのだが、ついに果たせなかったな、と思い出したのだ。

「もし、旦那さま」

「ん……」

「いえ、いかがなさいましたか」

思わず箸が止まっていたようだ。

「いや、なんでもない。それより園枝」

「はい」

「そろそろ、その……旦那さま、と呼ぶのはやめぬか。八次郎も、そう呼ぶが……、その……なんだ。妻女と若党が同じ呼び方をするのは、いかがなものかと思うてな……」

「では、どうお呼びしましょうか」

「そうだなあ。たとえば、あなた……とか、いや、照れくさいようなら、昔のように勘兵衛どの、でもよいのだが」

言いながら、勘兵衛自身が照れくさくなっている。

両思いで婚姻した二人には、なかなかに形式張った呼び方は難しいのであった。

「じゃあ、できるだけ改めます。そうねえ。勘さま、なんてのは、いかが？」

「なに、勘さまか？　おまえがよければ、それでもいいが……、じゃあ、わたしは園ちゃんとでも呼ぼうか」

「まあ、あなたったら」

「ほれ、ちゃんと、あなた、と呼んだではないか」

「あら、ほんと……」

二人して笑いあう夫婦であった。

（近く園枝を連れて、久しぶりに花川戸《はなかわど》の［魚久《うおひさ》］にでも行こうか）

そんなことを考えながら、五ツ（午前八時）の鐘を聞いたのち、勘兵衛は八次郎を供に町宿を出た。

6

（その前に、片づけておくことはないか？）

一昨日、きのうと、久しぶりに単衣《ひとえ》の着流しで町を歩いた勘兵衛の耳に、〈京橋の仇討ち〉との評判があちこちで耳に届いた。

それすなわち、勘兵衛が大いに関わった松枝主馬《まつえだしゅめ》の仇討ち（第17巻：玉響《たまゆら》の譜）のことで、それが町奉行所において認められ、小伝馬町揚がり牢に入っていた松枝主馬と大竹平蔵《おおたけへいぞう》が解き放ちになったとのことである。

七日前――。

たまたま町宿に在宅していた勘兵衛のもとに、鍛冶町裏薬師新道《うらやくしじんみち》にある小間物屋、［吉野屋《よしのや》］藤八《とうはち》が訪ねてきて、無事に松枝主馬らがお解き放ちになったら、是非一献との話があった。

しかし、その日は、下高輪の東禅寺の境内において、伊波と塩川との密談の前日だったこともあり、

――いずれ落ち着いたおりに機会があれば……。

と、勘兵衛は答えておいた。

園枝を［魚久］に連れていく前に……。

（きょうは、そちらのほうを先にすませておこうか）

そう勘兵衛は、考えていた。

となると、八次郎を先に［吉野屋］に向かわせて、相手の都合を確かめるべきだが

……。

時期が時期だけに、なにが起こるかは不明だ。

だから当分、一旦は松田の役宅に顔を出してから、ということにしている。

まずは松田の役宅に行き、異変のないことを確かめたのちのことだ。

で、まずは、愛宕下の上屋敷に向かった。

（ん……）

切手門から入ると、奥の表門のあたりに動きがあった。

（なにごとか）

勘兵衛は松田の役宅前を過ぎて表門へと向かうと、玄関先に家老駕籠を運び込むところだった。

そこへ、かねて顔見知りの中間《ちゅうげん》が通りかかったので、

「おい、市三《いちぞう》」

呼び止めて手招きし、

「どなたか、お出かけか」

目で駕籠を指して、尋ねた。

「はあ、国許から来られた御家老が、お出かけとのことらしゅうて、供を命じられました」

「国許からの家老というと、津田信澄さまのほうか」

「そう聞いております」

「で、どちらにお出かけだ」

「いや、そこまでは……」

市三は首をひねった。

「そうか。いや、足を止めさせて、すまなかったな」

紺看板《こんかんばん》(紺木綿の法被《はっぴ》)に梵天帯《ぼんてんおび》、帯の背には短い木刀を閂差《かんぬきざ》しという市三の背

中を見つめながら、勘兵衛は、

（江戸に到着して四日目、江戸見物に出かけようというのか……）

最初は、そうも考えたものだが、江戸見物に駕籠とは、いささか大仰《おおぎよう》すぎる、と考え直した。

「八次郎」

「はい」

「お父上のところに行ってな。特段の用がなければ、このまま町に出かける、と松田さまに確かめてきてくれ」

「分かりました」

八次郎は踵《きびす》を返して、松田の役宅へと向かった。

八次郎の父は新高陣八といって、松田の用人を、また兄の八郎太は若党を務めている。

それから勘兵衛は、表門からやや遠ざかり、立木の陰に姿を隠した。

着流し姿を見られては、まずかろうと考えてのことだ。

やがて八次郎が戻ってきて、

「特段の用はない、とのことでございます」

「そうか」

「で、どうなさるおつもりで」

「うむ。どちらへ向かうのか、確かめてみたい」

「跡をつける……と」

いつものことだ、とばかり、八次郎はにんまりした。

陸尺《ろくしゃく》（駕籠の者）の服装は、紺看板の上から黒絹の羽織に脇差一本、二人の陸尺に駕籠を担がせ、槍持ち挟箱《はさみばこ》持ち一人に中間が二人、そんな陣容で津田信澄は表門を出た。

そんな様子を木陰から見ていると、表門を右折、すなわち愛宕下通りを北に向かうようだ。

「じゃ、まいろうか」

「はい」

勘兵衛と八次郎は切手門のほうに向かい、駕籠の一行が通り過ぎるのを待って、愛宕下通りに出た。

すでに八次郎も、こういった尾行には慣れている。

初秋の日溜まりのなか、主従で早朝から愛宕権現《ごんげん》あたりで遊んだ帰り、といった風《ふ》情《ぜい》で、駕籠から一町ばかりも離れて、そぞろ歩く。

同様の参拝客は多く、愛宕下通りはきょうも通行人であふれているから、まず勘兵衛たちを怪しむ者などはない。

愛宕下通りを北に進む駕籠は、江戸城外濠に架かる相生橋《あいおいばし》（のち新《あたら》シ橋）の一筋手前、豊後《ぶんご》臼杵《うすき》藩上屋敷の角を右折した。そのあたり、外桜田《そとさくらだ》と呼ばれている。

やがて芝口橋を渡り、出雲町、竹川町とさらに北上して京橋を渡った。

南伝馬町を抜け、駕籠は日本橋へと向かう江戸市街の目抜き通りを進む。

「どこまで行くんでしょうね」

「さあて」

すでに藩邸を出て半刻以上、距離にして一里（四㌖）は越えていよう。

（なにやら、おかしい）

勘兵衛は本能的な予感を覚えている。

さらに日本橋を渡り、室町《むろまち》に入った。

このあたり、のちには三井《みつい》家の［越後屋《えちごや》］などの豪商が軒を構えるところだが、この当時は江戸に、その［越後屋］の影すらないころだ。

右手に小田原提灯店が続いて、室町中ノ丁（のち室町二丁目）の四つ辻のところを駕籠は左に曲がった。

勘兵衛は、やや早足になって十字路のところで止まり、そっとその先を窺う。

正面に江戸城、さらには富士の山が遠く望まれる。

それゆえ、駿河町《するがちょう》と呼ばれるところだ。

(駿河町の先は本両替町《ほんりょうがえちょう》、さらには小判鋳造の金座があるあたりだが……)

駕籠が止まった。

まず中間の一人が、いずくかの店先に入り、駕籠から出た津田信澄に、市三が草履を揃えている。

駕籠より出た信澄が、軒看板を見上げているところに、番頭らしき男が出てきて頭を下げ、信澄を店内に案内した。

「やっ!」

思わず、勘兵衛は小さくつぶやいた。

くるりと体をまわした番頭の印半纏《しるしばんてん》の背に、丸に大の字の屋号が染め抜かれているのを見たからだ。

「いかが、いたしましたか」

「うむ、ちょっと待て」

（つい、最近……）

そう、昨年のことだ。

勘兵衛は、はっきり思い出した。

松枝主馬の仇討ちを助けるために、松平直堅のところで剣術指南をしている新保龍《しんぽたつ》興《おき》から得た情報のことだ。

そして丸に大の字の屋号は、駿河町の本両替商［那波屋《なばや》］ではないか。

（ううむ……）

心のうちで、勘兵衛は唸った。

（では、なにゆえ、津田家老が［那波屋］などに……）

さっぱりわからぬ。

で、まことに［那波屋］なのか、どうかをこの目で確かめたいのだが……。

槍持ちに陸尺、中間の五名は店表で、しゃがんで待っている。

（これは弱った……）

市三は自分も、八次郎も知っている。

近づくに近づけないのであった。

といって、いつまでも、この辻から覗いていくわけにはいかない。

周囲を見渡すと、筋向かいに［京屋《きょうや》］という飛脚問屋があって、その隣に飛脚目当てらしい粗末な一膳飯屋があった。

そちらへ席を移そうか、と考えた勘兵衛は再び――。

あっ！　と、声を上げそうになった。

今しも北の室町三丁目あたりから、お付きの女中二人を従えて女物の塗駕籠《ぬりかご》が近づいてくるではないか。

その塗駕籠に見覚えがあった。

「八次郎」

「はい」

「あの塗駕籠に覚えはないか」

「そういえば……、あっ、あの木挽町《こびきちょう》の芝居茶屋の……」

「そうだ、たしか三年前であったな」

その塗駕籠の主は、越前福井藩の老女、鈴重《すずのえ》であった。

その鈴重が、頻頻《ひんぴん》と酒井大老の中屋敷に出入りしているとの情報を得て、勘兵衛たちは浜町屋敷とも呼ばれる福井藩上屋敷から、塗駕籠をつけた。

すると行き先は芝居町《しばいまち》とも呼ばれる木挽町で、ただの芝居見物だった、とわかった過去がある。

（やや！）

なんと塗駕籠は、駿河町へと入っていく。

（まさかな）

とは思ったが、まさかもまさか、塗駕籠は、信澄が使った駕籠前で止まったのである。

塗駕籠から出たのは、片外しの髷に、黒地亀甲の総刺繍小袖を腰巻に、という、紛《まぎ》れもなく覚えのある鈴重であった。

（津田家老が［那波屋］で、福井藩老女の鈴重と……？）

これは、よくよく思案せねばならぬ。

勘兵衛は緊張した。

そのとき、鐘突堂新道《かねつきどうじんみち》の時之鐘が、四ツ（午前十時）を報せる鐘声を発した。

弥終《いやはて》の謀略

1

勘兵衛が、再び津田信澄の駕籠を追い、愛宕下の上屋敷へ戻ったのは、八ツ（午後二時）ごろのことだった。

あれから、しばらく様子を窺っていると、［那波屋］の手代らしき男が出てきて先導し、二挺の駕籠が移動しはじめた。

そこで勘兵衛は八次郎に命じ、一筋南の品川町のほうから偵察に行かせたところ、二挺の駕籠は常盤橋《ときわばし》袂の町年寄《まちどしより》役所、［奈良屋《ならや》］に預けられたようだ。

再び遠回りで戻ってきた八次郎の報が届くまでには、陸尺中間に鈴重付きの女中たちが、件《くだん》の店に入っていくのを確認している。

そこで八次郎を辻に待たせ、駿河町に入って確かめたところ、やはり［那波屋］であった。

——あるいは長丁場になるやも、しれぬな。

陸尺中間たちを店内に入れたのは、それ以外には考えられない。

そこで二人は、日本橋の北袂に出て、魚河岸の賑わいを背に一石橋《いっこくばし》袂に向かった。

そこからは、常盤橋や［奈良屋］が見通せる。

［那波屋］を見張るより、駕籠の出入りを見張るほうが怪しまれずにすんだ。

——あ、あそこに煮売り茶屋がありますよ。

一筋北の北鞘町《きたさやちょう》の角に、小ぶりな煮売り屋をめざとく見つけて言う。

煮売り屋は飯や各種の総菜を売る店だ。

——腹が減っても困らぬな。ところで八次郎、しばし考え事をしたいゆえ、邪魔をいたすな。

堀端に小さな舟溜りがあって、小屋がある。

そこの腰掛け石に座って、勘兵衛は考えに耽《ふけ》った。

［奈良屋］から駕籠が動いたのは、九ツ半（午後一時）ごろ、念のため八次郎には鈴重の駕籠の行き先を確かめさせ、勘兵衛は津田家老の駕籠を追った。

結局のところ、［那波屋］で昼餉が出たようだ。

こうして上屋敷に戻った勘兵衛は、まずは、松田に報告する。

「なんと……」

松田の、長い白髪交じりの眉が跳ね上がった。

「念のため、その［那波屋］という本両替商は……」

「知っておる」

補足の説明をしようとした勘兵衛を制して、松田が言う。

「元は播州の那波《なば》（現在の兵庫県相生市）より出た古くからの京商人でな。その後に大坂にも、この江戸にも出店を構えた。今の店主は九郎左衛門《くろうざえもん》というてな。特に、この江戸では米穀担保による大名貸しで有名じゃ」

「ははあ、そうなのですか」

改めて勘兵衛は、松田の情報力に感心する。元は商人ゆえだろうか。

「ふむ。南部盛岡《なんぶもりおか》藩や出羽久保田《でわくぼた》藩（秋田藩）、備中松山《びっちゅうまつやま》藩あたりが、相当に借銀をしていると聞いておる。大名だけではないぞ。旗本や御家人たちにも扶持米を担保に貸しつけておるそうでな。さして高金利ではないそうだが、金を返せねば、利子代わりの米穀を持って行かれて、懐がだんだんに苦しくなるという寸法じゃ」

「ははあ、では、越前福井藩も［那波屋］から借銀しておるのでしょうか」

「さて、それは調べてみんとわからんが……。ふん、おまえ、なにやら嗅ぎとったか」

「はい。裏に大老の影があるのでは……と」

「そこじゃ。もはや、邪魔は入らぬと思っておったが、甘かったかもしれぬ。最後っ屁《ぺ》をかますやもしれんなあ」

「まさかに、若ぎみの襲封に影響はありますまいな」

「今さら、それはなかろう。じゃが、うーむ」

松田の長考がはじまった。

やがて言う。

「とにかくは、津田家老に問わねばならぬが、なに、まだ借銀までには、至っていないじゃろう。津田家老の印だけで借用証文が作られるはずもないからな。必ず御重役たちの連名が必要なはずじゃ」

「では、まだ間に合いましょうな」

「間に合わねば困る。さよう、おそらくは、こんな絵図かもしれぬ」

今の大野藩に、どれほどの借財があるかはわからぬが、昨年には西方領《にしかたりょう》新保浦《しんぽうら》の網元の相木惣兵衛《あいぎそうべえ》より、津田家老の名で三十五貫の借銀をした。

それまでにも、富商、大名主《なぬし》あたりからも借財があるはずで、我が大野藩に、いかほどの借財があるかまでは、松田もつかんではいないらしい。

「庭に出よう」

松田が言う。

勘兵衛は頷いた。

手元役である、武太夫の耳にも入れたくない、極秘のことが語られるのであろう。

「もし［那波屋］が酒井と気脈を通じておるとすれば、またまた福井藩が狂言回しに使われたということになる」

実は勘兵衛も、同じことを考えた。

ただわからぬのは、いつ津田家老が［那波屋］との接触を思い立ったか、ということだ。

「津田家老が江戸にきて、わずかに四日目、つまりは国許を出るときには、すでに［那波屋］のことが頭にあったと思われますが……」

勘兵衛の推察に松田はにんまり笑い、

「そういうことじゃ。誰ぞに吹き込まれたかはわからぬが、江戸には疎《うと》い津田家老が、大名貸しの［那波屋］を知っておったとは思えぬからなあ。ふむ……もし一件に大老が絡んでいるとすれば……」

松田は口を一文字に結んだあと、小さく嘆息《たんそく》を漏らしてから言った。

「例の銀山不正によって藩庫が乏《とぼ》しゅうなったところに、続けての米不正があって、国許の借銀は、そうとうに膨らんでいるのかもしれぬなあ」

「はあ」

銀不正は、元国家老の小泉権大夫《こいずみごんだゆう》と、郡《こおり》奉行だった山路帯刀《やまじたてわき》が、また米不正は山路の後任の郡奉行、権田内膳《ごんだないぜん》が引き起こしたものであった。

「その貧窮を挽回すべく、弥四郎谷《やしろうだに》に新銅山の開発をはじめて昨年には完成したが、またまた借銀は増えたろう」

「……………」

勘兵衛は、暗澹《あんたん》とした気分に襲われている。

「そんなところへ、国許では近ごろ、その弥四郎谷銅山の鉱毒で、御領村《ごりょうむら》ほかの田畑がやられて、凶作は必至という状態にあるようだ」

「は。そのことは過日に教えていただきました」

「そうであったな。となれば、借銀はますます増えよう。で、もし［那波屋］の一件が大老の謀略とすれば、結論はひとつ……」

「もろもろの借銀を、すべて［那波屋］に肩代わりさせて、ひとつにまとめると……」

「そういうことじゃ。ひとつにまとめるだけではない。銅山鉱毒の保証や、排水経路の改善に田畑の修復のこともあろうから、さらに上積みをした借銀を［那波屋］に申し込もうな」

「聞くだに禍禍《まがまが》しゅうございます」

「機を見て、我が藩と［那波屋］の間に悶着を起こさせる、あるいは諸国巡見使を送って、藩政芳《かんば》しからず、とか、なんとか、言いがかりをつけるくらいは、大老にとっては朝飯前であろうな」

「ううむ……」

呻《うめ》くしかない。

二十年ばかりも前だが、伊予西条藩《いよさいじよう》の一柳家《ひとつやなぎ》や、丹後宮津藩《たんごみやづ》の京極家《きようごく》、肥前島原藩《ひぜんしまばら》の高力家《こうりき》などが、失政を理由に改易になっていた。

「結果、改易にまではせぬが、直明ぎみに隠居を命じて、空いた座に越後高田の永見大蔵を据える、といった絵図が見てとれる」

結局のところ、そこに落ち着くか、という想いと同時に、勘兵衛は酒井大老のしつこさというか、執念の深さに驚くばかりであった。

「なにはともあれ、あれこれ想像を逞《たくま》しゅうしておってもはじまらぬ。まずは、津田家老から話を聞いてこよう」

勘兵衛に、しばし待てとの命《めい》を下して、松田は本殿へと向かった。

2

勘兵衛が、松田の役宅で待機をして半刻あまり……。

若党の八次郎が戻ってきて、復命した。

「鈴重は、あのまま、まっすぐに浜町《はまちょう》屋敷へ戻りました」

「そうか。ご苦労だったな。わたしは、まだ松田さまと話が残っている。先に町宿へ戻っていいぞ」

露月町に帰らせて、松田を待つ。

だんだんに夕刻が迫るころ、松田が戻ってきた。

意外に、その表情が明るい。

「だいたいの事情はわかった。最初は、なにゆえ［那波屋］を訪ねたことを知っておるのか、と大いに怪しんでおられたがな。なに、生き馬の目を抜く、と言われるこの江戸で、それくらいのことがわからぬようでは、江戸留守居役は務まりませぬ、と言うてやった」

そんな軽口が出るくらいだから、上機嫌らしい。

「して……」

「うむ。しばし待て」

言うと、松田は手元役の平川武太夫を呼ぶと、

「武太夫、麴町《こうじまち》三丁目の［橘屋《たちばなや》］という菓子店を知っておるか」

「はい。名物の〈助惣《すけそう》焼き〉を商う店でございましょう」

「そうじゃ。なにやら、久しぶりに食いとうなった。日暮れ近うにすまぬが、一折り、いや二折り求めてな。うち一折りは、勘兵衛の町宿のほうに届けてやってはくれぬか。なに、わしがところへは、そののちでよいからな。ついでに、きょう勘兵衛の帰宅は遅くなりそうじゃ、と伝えてきておくれ」

「承知いたしました。では、さっそく出かけてまいります」

松田は、あくまで用心深い。

要は忠臣の平川の耳にさえ入れたくない、極秘の話となるのであろう。

なおも用心のため、中庭に面した襖を開け放ち、二人は縁側に席を移してから松田が口を開いた。

「こちらの皮算用は、当たって遠からずじゃ。からくりのほども解けたでな」

「さようでございますか」

「うむ。まずは、どこから話そうかの」

松田は、しばし瞑目し、整理がついたか話しはじめた。

「まずは、からくりのほどからじゃな。実は津田家老が昨年に、新保浦の網元の相木惣兵衛より銀三十五貫の借銀を申し込んだときのことだ」

新保浦は、大野藩領の飛び地である丹生《にゅう》郡十二ヶ村のひとつで、この飛び地を西方《にしかた》領と呼んでいる。

特に新保浦は漁だけではなく、海運によっても財をなした家が多いところだ。

松田の話は続く。

「相木惣兵衛は、借銀については承知したが、近ごろ反《そ》り子《こ》船一艘が難破したため、重ねての借銀には応じかねる、と、やんわり釘を刺したそうな」

「話の腰を折るようで申し訳ないのですが、その、そりこせんというのは、いかなるものでしょうか」

「うむ。反り子というは、網元に隷属する漁師のことでな。元は鯛《たい》釣りの特殊技能を持った漁師集団だったらしいが、鰈《かれい》や鱈《たら》なども延縄《はえなわ》漁《りょう》にて獲《と》っておる。まあ、平たく言えば大型の漁船と考えればよい」

「いや、勉強になりました」

「なに、わからぬことは、なんでも聞け。で、話の続きじゃが……」

相木惣兵衛が重ねての借銀には応じかねる、と釘を刺したうえで、ついては江戸には大名貸しの本両替商があって、この紹介状を持参すれば、いつにても、いかほどでも、借銀が可能でしょう、と一通の書状を差し出したそうだ。

「ははあ……。それが［那波屋］宛てでございますか」

「そうじゃ。でな。問題は、その紹介状の出所じゃ」

「と、いいますと……。相木惣兵衛からの紹介状ではないと……」

「なんの。いくら財をなしたといえど、たかが片田舎の網元風情に、そんな力があるものか。そこで津田家老から、その紹介状なる書状を見せてもろうたら、なんと、紹介状には福井藩国家老の狛貞澄《こまさだすみ》の署名があった」

「なんと」

「重ねて津田家老に、詳しい経緯を尋ねると、その紹介状を相木惣兵衛のところに持ち込んだのは、狛貞澄の用人、萩野正房《はぎのまさふさ》とのことじゃった。なにしろ福井藩が大老や越後高田の小栗美作とつるんで、我が藩に仇《あだ》なそうとしているなどは、秘中の秘ゆえに、津田家老も、まるで怪しまずにいるようじゃ」

（そうか……）

勘兵衛は、忙しく考えている。

福井藩にては四代目藩主、松平昌親《まさちか》の襲封の正当性を巡って揉めに揉め、昌親はわずかに二年で、兄・政勝の一子である綱昌《つなまさ》を養子にとって藩主の座を明け渡した。

それが二年前のことである。

しかし、そのとき綱昌は十六歳、昌親は後見人という立場で、実際の政《まつりごと》を動かしているはずだ。

「ところで……」

勘兵衛は、ふと兆《きざ》した疑問を口にした。

「新保浦は我が所領、そんな相木惣兵衛のところに、なにゆえ福井藩国家老の用人が、ええと……萩野正房といいましたか……」

「相木惣兵衛は海運業も営んでおる。当然のこと、福井藩とも取引はあろうからの」

「なるほど」

腑に落ちた。

「じゃが、それだけとも考えられぬ」

松田は、しばし黙考ののちに——。

「ま、それについては、のちほどのこととしてな。ほれ、近ごろ問題化した新銅山の鉱毒の件で、まずまた借銀が必要となって、先日国許では急遽、津田両家と国家老に勘定奉行を交えての会議が開かれたそうでな。藩札発行の案も出たそうじゃが、実は……と津田家老が、例の紹介状のことを話したところ、津田両家は間もなく直明ぎみ襲封のことで参府するゆえ、ちょうどよい折ではないか、ということになったそうだ」

会議の出席者は、誰一人として秘中の秘のことなど知らぬから、無理もない。

（だが……）

勘兵衛に、またも疑問が浮かんだ。

「しかし……。津田家老は、なにゆえに……いや、いつ、どのように老女鈴重と連絡をつけたのでしょう」

「それじゃ。わしも気になったゆえに尋ねてみた。すると津田家老も、福井藩江戸屋敷の老女が、補佐役と称して［那波屋］に現われたのには驚いたそうじゃ。ただ二日前に津田家老は、用人を［那波屋］に向かわせ、借銀の添状を持参しておるが、ご都合のほうはいかがか、と問い合わせておってな。そのときの［那波屋］の返事が、本日の四ツ（午前十時）にご来駕いただきたい、との返事であったそうな」

「ははあ」

もう、まちがいない。

酒井大老と福井藩との連絡役が、老女鈴重であることは、すでに明らかとなっていた。

さらには秘中の秘の、酒井大老が枢軸《すうじく》となって、前福井藩主：松平昌親――越後高田藩国家老：小栗美作が結託していることを、我が大野藩には気づかれていない、と福井藩では信じている。

ところがどっこい、もう、とうの昔に松田や勘兵衛たちは気づいていて、知らぬ顔の半兵衛《はんべえ》を決め込んでいただけだった。

ちなみに、この半兵衛とは、秀吉の参謀であった竹中《たけなか》半兵衛の故事に因《ちな》んでいる。

「つまりは、きのうきょうのことではなくて、ずいぶんと以前から仕組まれていた、ということになりましょうか」

勘兵衛の言に松田は大きく頷き——。

「そういうことじゃなあ。たまたま津田家老が引き当て役となったが、我が藩から[那波屋]へ借銀の申し込みがあれば、ただちに老女鈴重に連絡がつくように仕込まれていたのじゃろう。鈴重は、大老の隠れ蓑……、いわば狂言回しの役どころ、というところかのう」

「やはり[那波屋]には、大老の息がかかっている、ということになりましょうか」

「十中八九、そうであろうな。大老に睨まれれば、大名貸しなどは危なくてできぬし大老にしてみれば、いずくの藩に、いかほどの借財があるかの情報が得られて、双方に利があるということよ」

(いや、なんとも憎たらしい)

勘兵衛は心の裡で思った。

「ところで、福井藩にも数多《あまた》の借財があると聞き及んでおりますが、やはり[那波屋]からの借銀があるのでしょうか」

「さて、そんな話は聞こえてこぬが……。それればかりはわからんのう。ただ、津田家老が言うには、鈴重は、なかなかに親切で、さかんに津田家老に助言を与え、[那波屋]九郎左衛門に対しては、利息の交渉までしてくれたそうじゃ」

「では、少しばかり心当てもございますので、福井藩が［那波屋］から借銀をしているか、どうか、探ってみてもよろしゅうございましょうか」

勘兵衛のうちには、［吉野屋］藤八の顔が浮かんでいた。

「そうか。伝手《つて》があるようなら、調べてみてくれ」

「承知いたしました。ところで鈴重が利息の交渉をしてくれた、とのことですが、ついでながら、いかほどの利息なのでしょうか」

「うむ。［那波屋］は最初、利息は銀一貫につき、月十二匁と言うたそうじゃが、鈴重の口添えで、月十匁にまで下げたそうじゃ」

「ははあ、銀一貫につき月十匁……、はたして高いのか、安いのか、わたしにはわかりかねますが……」

「決して高利ではない。うむ、そろそろ我が藩の借財について、話を移そうかな」

いよいよ対話も山場に入ってきた。

3

国許の勘定奉行によれば、大野藩の借銀の半分がとこは、新保浦の網元である相木惣兵衛と、同じく新保浦で海運業を営む両林平左衛門《りようはやしへいざえもん》からのもので、あと諸諸《もろもろ》、領内の大名主やら両替商などからの借銀もくわえて、総額で百十貫あまり、とのことであった。

松田が続ける、

「で、津田家老は［那波屋］より、先の借銀の肩代わりに継ぎ足して、合計で百五十貫の借銀をもくろんでいるようだ」

「ははあ、百五十貫……」

西国の銀遣いに対して、江戸では金遣いで金貨本位だから、銀百五十貫と言われても、勘兵衛には、もうひとつピンとこない。

「勘兵衛、すまぬが算盤《そろばん》を持ってきてくれぬか」

「は」

松田の算盤は、いつも文机の脇に置かれている。

ついでに勘兵衛は、心覚えを書きとめるため、硯に筆に紙を持ってきた。

勘兵衛が算盤を渡すと、松田はそれを膝の上に置き、

「銀一貫目は、相場では二十両に匹敵する」

言いながら指が算盤をはじいた。

「で、銀百五十貫ということは……ふむ、三千両ということだな」

「三千両……」

勘兵衛は目を剝いた。

松田は算盤を振ると、再び膝に戻して——。

「では、次は利息のほどを見てみようかの」

言って、再び算盤をはじく。

「銀一貫目に対して、月の利息が十匁《もんめ》……ふむ、千五百匁か、つまりは一貫半じゃ、ま、閏年《うるうどし》のことはこの際無視をして、一年十二ヶ月とすれば……」

このあたりになると、もう松田の独擅場《どくせんじょう》であった。

「年に十八貫の利息か……、つまり年に三百六十両」

ここまで具体的に示されると、勘兵衛にも理解しやすい。

「三千両借りて、利息が年に三百六十両、つまりは年利が一割二分ということになりますね」

「さよう。幕府が定めた年利は一割五分であるから、たしかに安い」

「そうなのですか」

借金に縁のなかった勘兵衛だから、利息がそんなに高いとは思いもしなかった。

「ただし、［那波屋］の担保は米穀じゃ。現在の財政で、年に三百六十両もの返済は、まずは不可能。されば米穀を押さえられることは必定であるな」

「…………」

「どれ、いかほどの米穀になるかを計算してみようか」

「はい」

「なに、簡単なことじゃ。米一石の相場は凶作の年は除いて、一石あたり銀四十匁だからのう。ふむふむ……」

　算盤の駒が音を立てて——。

「ふうむ。四百五十石分に相当するな」

「四百と五十石……」

「我が領知分は五万石、一分にも満たぬゆえ、表向きは無理な借財ともいえぬ」

「表向きは、といいますと……」

「本年貢は知っておるのう」

「はい。検見法《けみほう》によって定めた、田畑にかかる年貢のことで、それ以外に小物成《こものなり》などの雑税がございます」

　検見法とは、その年の作柄《さくがら》を調査して、収穫量を予想してから年貢額を決める方法だ。

「さよう。ま、細かいことは別にして、我が藩は長らく天領と同じく四公六民《しこうろくみん》の年貢率じゃ。するとどうじゃ。我が藩庫に入る実際の収入は二万石、年に四百五十石の利息は、我が藩収入の二分二厘《りん》五毛《もう》に跳ね上がる。さらには天候次第では水害にやられたり、凶作の年もあろう。そんなこんなを考えれば、年に四百五十石は、あまりに痛い。年を増すごとに、じわじわ苦痛が増していき、いつしか首がまわらなくなりそうじゃ」

「たしかに……」

勘兵衛にも、その危険度が理解できた。

「ところで勘兵衛、今は藩の歳入の話をしたが、ついでに、支出についても教えてやろう」

「はい。お願いいたします」

手にした筆に、力がこもった。

「あくまで通常時の場合だが、まず家士への俸禄や扶持米が収入の三割五分、一割四分ほどが、国許と江戸の足軽・中間への扶持米で、六分ほどが江戸での藩主家族などの賄いに費やされる。すると、残りはどれほどになろうかの？」

「はい。しばしお待ちください」

勘兵衛は忙しく心覚えの数を拾って、暗算をした。

「残りは、四割五分でございます」

「うむ。だいたいそのあたりだ。その四割五分で国許及び江戸での藩主の生活費や参勤交代の費用に充てられるわけだが、その四割五分を小判に直せば、いかほどになろうかな」

勘兵衛は、まるで口頭試問でも受けているような気分になった。

とりあえずは計算する。

「実収入は二万石……その四割五分は九千石……米価は一石あたり銀四十匁ですから、ええと……」

「算盤を貸してやろうか」

「いえ、それには及びませぬ。銀にして三十六万匁……ということは、三百六十貫……銀一貫目が、相場では二十両ですから、〆《しめ》て七千二百両」

「正解！」

やはり、口頭試問だったようだ。

だが、松田のおかげで、勘兵衛にも具体的な収支のほどが理解できた。

松田が続ける。

「先ほど、利息は藩収入の二分二厘五毛と言うたが、こうして見方を変えてみるとどうじゃ。[那波屋]の利息を、我が藩で随意になる金に置き換えれば、五分がところが吹っ飛ぶことになろう」

「……………」

数字の魔術を見せられた気がしたが、松田の理論に、まちがいはなさそうだ。

「わずかに五分、という見方もあろうが、わしには、そう思えぬ。最良の選択肢は、今ある借銀はそのままに、大名貸しなどはやめにすることじゃ」

「今ある借銀は、たしか銀百十貫あまりとか、そちらのほうの利息は、どうなっておりましょうか」

「そこまではわからぬが、なにしろ御領内のことゆえ、おそらくは、ある時払いの催促なし、であろうな。それに比べて[那波屋]はちがう。なににせよ、商売であるからな」

「まことに、ごもっともと思いますが、弥四郎谷の鉱毒の始末に、銀四十貫ばかりを積み上げた分は、どうなりましょうか」

「ふむ、八百両ほどか。それこそ重役やら高俸禄の家士に奉加帳《ほうがちょう》でもまわして、金を集める。御家のためゆえ、百や二百両は集まろう。仮に二百両集まれば、残るは六百両、年に三百六十両の利息を返済するくらいなら、藩主の生活費を削ってでも、前倒しで借銀分に宛てれば済むことじゃ」

「そう、うまくいきましょうか」

「国家老や津田家老の努力次第だ。努力して、なお及ばざるときは、このわしが工面をしよう」

「なんと……」

「見くびるでない。長く江戸にあれば、その程度の当てはある。札差《ふださし》の［伊勢屋］もおれば、米問屋の［千種屋《ちぐさや》］もおる」

「ははあ、なるほど……」

いずれも大野藩とは関係の深いところで、特に［伊勢屋］は、勘兵衛が申し出れば、無尽蔵とはいわぬまでも、自由に金を引き出すことができるようになっていた。

もっとも、これまで勘兵衛は、その［伊勢屋］を頼ったことはない。

「それでも足りなければ、［かりがね］を売っぱらってもよい覚悟じゃ」

決然と言う。

「え……」

「かりがね」は松田が妾のおこうにやらせている、芝神明宮門前近くの茶漬け屋であった。

「ま、そこまではいかぬと思うがな」

松田は自信たっぷりに言うと、首をまわして凝《こ》りをとる仕草のあと――。

「よし。ここまでが予行演習じゃ」

「は？」

「明日にもな。再度、津田家老に会うて、おまえに話した具体的な数字を開陳し、口《く》説《ど》き落とすつもりじゃ」

「ははあ、なるほど……」

教示やら口頭試問かと思っていたのが、今度は予行演習に変わった。

「ま、きょうのところは津田家老に、「那波屋」からの借銀は、よほどに慎重になされませ、程度でとどめて、拙《せつ》もじっくり思案して、明日にも再度のご面談を願います、と伝えて退席してきたのじゃ。ところでな……」

「はい」

「まだ、やらねばならぬことがある」

「新保浦の相木惣兵衛のところに、福井藩国家老の用人、萩野正房がやってきた件ですね」

「おう。相変わらず聡《さと》いのう」

「なんの。先ほど松田さまが、〈それだけとも考えられぬ〉と言われたゆえに気づいたことです。あのことばがなければ、まるで気づきませんでした」

「そう謙遜することもない。ふむ。間もなく武太夫も戻ってこよう。委細は、夕餉のあとに……ということにしようかの。かまわぬか」

「もちろんです。では賄《まかな》い方に、膳部は二膳と伝えてまいりましょうか」

「八郎太か陣八にでも伝えよ」

「そういたしましょう」

秋の陽は釣瓶落《つるべお》とし、気づかぬうちに、みるみる暮色は深まっていった。

4

用部屋の行灯に火を入れたのち、勘兵衛は松田の用人部屋を訪ねて、夕餉のことを伝えた。

ちょうどそんな折、平川武太夫が息せき切った様子で戻ってきた。

「や。遅うなりました」

「なんの。どうせ食後の菓子であろうから、そんなに急ぐ必要もありません」

言いながら、ふと見ると、平川の手に二折りの包みが見えた。

（はて、露月町の我が町宿に届けたのちではなかったのか？）

そう勘兵衛は思ったが、特に尋ねはしなかった。

平川が言う。

「とりあえずは御用人どのに、受取（領収書）をお渡ししたのちにまいります」

「そうですか。では、お先に御用部屋に戻っております」

松田の御用で買い物に出かけるとき、まず新高陣八から金を受け取り、帰ると真っ先に受取と釣り銭を戻す。律儀な平川は、常常《つねづね》それを固守しているようだ。

先に用部屋に戻った勘兵衛が、平川のために襖を開いて待っていると、

「まことに遅うなりました」

同じせりふを繰り返し、手にした二折りのうち一折りは廊下に置いて、残る一折りを捧げ持つようにして、まだ庭の縁側に座っている松田のもとへ運んだ。

「急な使いを、すまなかったのう。ところで廊下の一折りは、里美《さとみ》どのへの土産かの」

相変わらず松田は目ざとい。

(そうか、ご妻女への土産であったか)

勘兵衛は自分の鈍感さを恥じた。

平川武太夫は昨年の暮れに妻帯し、母の久恵《ひさえ》と三人、松田役宅裏の住居に暮らしていた。

目ざとい松田の言に対して武太夫は――。

「いや……はあ……恐れ入ります。あちらは、その……拙者の金で求めましたもので……」

あたふたした返事を返す。

「よい、よい。こりゃあ、わしのほうこそ気が利かんで、すまぬことじゃった。せっかく麴町まで〈助惣焼き〉を頼んだに、うっかり里美どののことを失念しておったわ。すまぬのう」

「とんでもございませぬ」

「いや。あとのことは、勘兵衛がおるから大丈夫じゃ。きょうはもうよい。早う土産を持って、住まいのほうでゆっくりと過ごせ」

「では、おことばに甘えさせていただきます」

平川が退室したのち、襖を閉じた勘兵衛が松田を見ると、すでに落日のあとの夜空を仰ぎながら、

「相変わらず、律儀者よのう」

「まことに……」

勘兵衛が再び庭の縁側に出ると、松田は相変わらず西の空を仰ぎながら、ぽつりと言う。

「月は、まだ見えぬのう」

「近ごろは、月の出が遅うございます。代わりと言ってはなんですが、秋の虫の声が聞こえます」

「そうじゃな。長らく風流心を抱く暇《いとま》もなかった。大殿の喪も明けぬし、若ぎみの襲封もまだじゃし、片づけることも残っておるし……」

ふと、ことばを途切らせたあと――。

「すべて片づいたら、秋葉権現あたりで一緒に遊びたいのう」

「ははあ、さようですねえ」

松田の寂寞さが移ったようで、勘兵衛もしんみりした気分になった。

あれは三年前の九月であったな、と勘兵衛は思い出す。

秋葉権現は四季折折の花がひしめく遊覧の地であったが、なにより江戸いちばんの紅葉の名所として知られているところだ。

その地で勘兵衛は松田と二人、［青柳屋《あおやぎや》］特製の〈紅葉弁当〉と竹筒酒を飲《や》りながら遊んだものだった。

（それより……）

近く園枝を連れて、花川戸の［魚久］へ行く心づもりが――。

（また遠のきそうだな）

などと、勘兵衛は思っている。

やがて松田の若党の八郎太が賄方《まかないかた》とともに、夕餉の膳を運んできた。

「おう、すまぬの。なに、あとはわしと勘兵衛にて適当にやるゆえ、構わずともよい」

給仕をしようとする八郎太を遠ざけた。

勘兵衛が飯茶碗に白飯をよそい、松田と二人の夕餉がはじまった。

「まあ、食いながら、先ほどの、福井藩国家老の用人のことについて話そうか」

「はい」

手元役の平川も去り、憚《はばか》る耳もないからか、松田が、それでも用心のためだろう、やや小声で食事の合間《あいま》に話す。

「例の［那波屋］への紹介状のことだが、相木惣兵衛以外にもばらまかれているのではないか、と、わしゃ睨んどる」

「はい。わたしも、そう思います。借銀をするのに……いや、借銀先が相木惣兵衛だけとはかぎりませんからね。おそらく、先ほど伺いました両林平左衛門のもとにも、同じものがあるやに思われます」

「そういうことじゃ。で、わしの考えでは、国表における借銀先を虱潰《しらみつぶ》しに洗うてみようかと思う」

「なるほど、それはよいお考えです」

「ふむ、それも急を要する。それゆえ園枝どのの父御と、そなたの父御に書状を送ろうと思う」

園枝の父、つまり勘兵衛の義父は大目付で、勘兵衛の父の孫兵衛は目付役であった。

「明日の早朝にも、大名飛脚で送ろうと思うのだが……、その前に、ちと確かめておきたいことがある」

「なんでございましょう」

「うん。ご両人とも、というか、伊波利三や塩川七之丞も含めた話だがな……」

「はい」

「昨年の、若ぎみ国帰りに際しての替え玉一件で、我らと越後高田の間に大いなる軋《あつ》轢《れき》があることは、すでに明かしておるのだが……」

「ははあ、残るは大老と、福井藩の件でございますな」

「物わかりが良いで助かる。どうじゃ」

「父はおろか、利三、七之丞にも、そのことは漏らしておりませぬ。知るは松田さまとわたし、それに隠し目付のご一統だけでございましょう」

「そうか。いや、それによっては書状の書き方も変わるゆえ、確かめたのじゃ。ところでな……」

「はい」

「福井藩は、いわば本家筋ゆえにな。今回の調査依頼は、いささか機微に触れる。それゆえ、おかしな誤解を受けるよりも、いっそ、こちらは気づかぬふりをしているが、前藩主の松平昌親からは、これまで折に触れて、いわく言い難いかたちで仇をなされてきた、くらいのことは明かしてもよかろうか、と考えているのじゃが……」

「そうで、ございますな」

勘兵衛はしばらく考えたが、

「やはり、それがよろしかろうかと思われます」

松田の考えに賛成した。

そんな会話を交わしながらの食事だったため、結局のところ、なにを食ったかもおぼろなままで食事が終わった。

膳を下げさせたあと勘兵衛が茶を淹れ、松田は〈助惣焼き〉を食いながら、さっそくにも国許へ送る書状の作成にかかった。

書き上げた下書きを、松田と勘兵衛が額を寄せ合い、語弊なきよう、しかしながら、なんとも言い出し兼ねる味も残した文案を練るのに、かなりの苦労をして、ようやく二通の書状を完成させた。

5

翌朝――。

勘兵衛は、日課にしている剣の稽古のため庭に出た。

やや薄暗い。

空を見上げると曇天であった。

（今は、どのあたりであろうか……）

と、今朝いちばんに松田が二通の書状を託したはずの、大名飛脚のことを、ふと思う。

（ほう）

決して広いとはいえぬ庭だが、片隅に植わった楓《かえで》の根方の、薄桃色の花に気づいた。

朝に開き、夕にはしぼむ一日花の芙蓉《ふよう》であった。

（たしか昨朝には、なかったのだが……）

きょうが咲き初《ぞ》めなのだな、と思い、ついでに昨夕に、〈長らく風流心を抱く暇《いとま》もなかった〉と漏らした、松田の慨嘆をも胸に昇らせた。

日課の剣の稽古を終え、園枝と二人の朝食ののち勘兵衛は、若党の八次郎を呼んだ。

「どうだ。昨夕は〈助惣焼き〉にありついたか」

「はい。まことに暫《しばら》くぶりに……。大層おいしゅうございました」

「それはよかった。まさか、みんな、おまえが食ったわけではあるまいな」

「とんでもない。長助爺《じい》やおひさどのとも分けて、三個だけでございますよ」

勘兵衛が密かに〈団栗八《どんぐりばち》〉と渾名《あだな》している八次郎の目が、久しぶりにまん丸になった。

長助は松田から譲られた飯炊き爺で、ひさは塩川家からつけられた、園枝の付女中である。

〈助惣焼き〉の一折りは十二個入りであったから、みんなで仲良く分け合ったということになる。

「ところで八次郎、これから薬師新道《やくしじんみち》の［吉野屋］へ行ってな。店主の藤八どののきょうの都合はいかがか、と尋ねてきてくれんか」

「承知いたしました。ということは、きょう［吉野屋］をお訪ねになる、ということですね」

「うむ。その心づもりだ。それからな、手みやげにするつもりゆえ、帰りしなに適当な菓子折でも求めてきてくれぬか」

「ははあ、菓子折でございますか」

八次郎は、しばらく目をぱちくりやっていたが、

「ええと……久方ぶりに、［桔梗屋《ききょうや》］の〈萬歳餅《まんざい》〉でもよろしいでしょうか」

「おう、そりゃあ懐かしいな」

日本橋須田町《すだちょう》にある［桔梗屋］の〈萬歳餅〉は、勘兵衛がまだ浅草猿屋町の町宿にいたころに、よく食したものだ。

とても菓子折と呼べるものではないが、そのほうが、あまり形式張らずにすむか、と思い直し、

「よし、それにしよう。ついでのことだ。おまえたちの分も買ってこい」

「あれ、こりゃあ、連日の大当たりだ。では、さっそく出向いてまいります」

八次郎は、いそいそと出かけていった。

それより一刻（二時間）ばかりのち——。

「藤八さまには、いつにても、とのことでございました」

八次郎が戻って復命した。

見ると肩先が濡れている。

「ご苦労だったな。それはそうと、雨か」

「はい、先ほどから、ぱらぱらと……。時雨《しぐれ》には、まだ早いと思うのですがねえ」

園枝は二階の六畳間で、おひさと二人、なにやら縫い物などしていて、勘兵衛は居室で読書していたのだが、まるで雨には気づかずにいた。

「ところで旦那さま、藤八さまよりの詫びがございました」

「ほう、なにを詫びるというのだ」

「はい。実は例の松枝主馬と大竹平蔵のお二人でございますが、どうしても旦那さま

に御礼を申し上げたいと言うのを、大殿さまご逝去の時期ゆえ、ご遠慮申し上げろ、と藤八さまが引き留められたよし。で、ご両名には、父御《ててご》の仇を討ち取ったる旨を、一刻も早く国許に伝えたいとのことで、すでに陸奥《むつ》・白河《しらかわ》へ帰参されたということです」

「そういうことか。なに、詫びもへったくれもない。藤八どのには、こちらの都合でお断わりしたのだからな」

「それは、そうでございましょうが、藤八さまには、まことに恐縮の体《てい》でございましたよ」

「いや、いや。詫びねばならぬのは、こちらのほうだ。わたしから、よく言っておく」

「で、いつ、お出かけでございますか」

「中食《ちゅうじき》をとったのちのことにしよう。ああ、藤八どのには頼みごともあってな、それゆえ供はいらぬぞ」

「わかりました」

と、いうことになって、中食後に勘兵衛は町宿を出た。

雨は、降ったり止んだりを繰り返していた。

雨の日の江戸市中の道は、ぬかるむ。

いつもは、二枚重ねに白皮二石緒《にこくお》（二本重ねの鼻緒）の草履を好む勘兵衛だったが、雨天の日は爪掛《つまかけ》をつけた連歯《れんし》下駄（差歯《さしば》ではなく一木造り）を用いるのを常としていた。

一応は公式訪問のつもりだから、無紋の羽織袴に埋忠明寿《うめただみようじゆ》作の長刀を差し、番傘と〈萬歳餅〉の風呂敷包みを手に、薬師新道へと向かう。

［吉野屋］藤八への頼みごとというのは、いうまでもなく、福井藩が［那波屋］から借銀をしているかどうかを調べてもらうことだ。

勘定方に密偵の影

1

この日は大殿の四七日《よなのか》にあたったが、法要は下屋敷に居住する直明主従にに任せている。

愛宕下上屋敷の松田役宅前で確かめると、こちらでも数輪の芙蓉の花が開いていた。

きょうは松田への報告もあったが、なにより、昨日におこなわれたはずの津田家老への説得の首尾を、是非にも知りたかった。

「失礼つかまつる」

勘兵衛がいつものように用部屋の襖ごしに声をかけると、

「おう。入れ」

これまた、いつものように松田の返事がある。

「おはようございます」

「うむ。近うへ」

相変わらず執務机の前に座している松田が、勘兵衛に、にやりと笑って見せた。

(はて……?)

その笑いの意味を計りかねたが、とりあえずは腰の物をはずして刀架にかけ、執務机の角に座した。

そこが勘兵衛の定位置である。

「昨日さっそくに、本両替商の例の調査について、知辺《しるべ》の者に依頼してまいりました」

用部屋の隣室が松田手元役の詰め所であるから、敢えて具体的な名は出さない。

「そうか。ときに、その知辺の者とは、[吉野屋]とかいう小間物屋のことか」

「は?」

目で笑いながら返ってきた松田の問いに、勘兵衛は忙しく考えたが、藤八のことを、松田に話した覚えがない。

「[吉野屋]のことを、ご存じで……?」

勘兵衛は、逆に尋ねた。

すると松田は、鼻先でふふんと笑い、

「おまえも、相変わらず、いろいろと首を突っ込んでおるなあ」

「はて？」

「隠さずとも良い。世間で〈京橋《きようばし》の仇討ち〉と呼ばれている件だ」

「ははあ……」

その件に関して、やはり松田に報告をした覚えはない。

「豆鉄砲を食った鳩のようじゃな。実は昨年の妻敵《めがたき》討ちのときと、同じことがあったのじゃよ」

「と、言われますと……」

「うむ。昨日に白河藩、江戸留守居役の用人が挨拶に来られた」

（なんと！）

夢想だにしなかったことだが、状況はつかめた。

「まことに、面目次第もないことでございます」

「なんの。謝ることはない。大名筋に、ひとつでも恩を売っておくことは、むしろ奨励に値する」

「おそれいります」

勘兵衛にすれば、冷汗三斗《れいかんさんと》の思いであった。

「白河藩主の本多忠平《ただひら》さまにおかれては、事の次第を知って大いに喜ばれたとのことでな。こたびは大殿へのお悔やみを兼ねて、おまえへの御礼にとの口上であったが、なに、本音は御礼が目的であったろう」

「さようで、ございましたか」

「どうせ、おまえは、そのような堅苦しい挨拶など苦手じゃろう、と思うてな。おまえに代わって、わしが重重に返礼を申し述べておいたぞ」

「重ね重ね、おそれいります」

さすがに松田は、勘兵衛の性分をよく知っている。

「ふむ。それからな」

と言いつつ、松田が、机の傍らから風呂敷包みを引っ張り出した。

「大名筋のやることは、どこも似たようなものじゃな。些少ながらと御礼の品を、おまえに渡してくれと置いていったが、これまた昨年と同じく、練絹《ねりぎぬ》三反が入っておるようじゃ。遠慮なく受け取れ」

「ははあ、またですか」

勘兵衛も苦笑しながら答えたが、内心、悪い気はしない。園枝が喜ぼう。

「ときに、その［吉野屋］のほうの首尾はいかがじゃ」

「はい。実は［那波屋］の名を知りましたのも、こたびの仇討ちに関連してのことでしたが、［吉野屋］の店主の藤八どのは、［那波屋］の手代あたりを籠絡してでも、必ずや聞き出してみせると快諾してくれました」

「そうか。それは上上」

「ところで、もうひとつ、藤八どのから思いがけない話を聞きました」

「ほう。なんじゃ」

「なんでも［吉野屋］は、甲府さま御屋敷に手代が出入りしておるそうですが、このひと月以上も、甲府さまが病に伏せっていると言うのです」

「ほう！」

さすがの松田も、驚いた声を上げた。

甲府さまとは三代将軍家光《いえみつ》の次男、徳川綱重《とくがわつなしげ》のことで、稲葉老中が常日頃に次期将軍にと推していた。

というのも、四代将軍の徳川家綱《いえつな》は生来病弱で、今年三十八歳になるが、いまだ一人の子もなさずにいる。

そんなところへ酒井大老は、酒井家永代の栄華を望み、鎌倉時代の故事にならい、次期将軍には皇室よりの宮《みや》将軍をと考えているようだ。

そんな酒井大老が、唐渡《からわた》りの猛毒である芫菁《げんせい》を入手したことは、勘兵衛自身が稲葉老中の耳に入れた。

それゆえ、稲葉老中は甲府さま暗殺を疑い警戒を強め、稲葉の娘婿である若年寄の堀田正俊は家光の三男である館林さまに与《くみ》し、館林さま御膳所役人に、秘かに子飼いの士を潜り込ませて、これまた警戒に怠りない。

また勘兵衛も、稲葉老中の意を汲んだ松田からの指示で、甲府さま別邸である浜御《はまご》殿《てん》に出入りする、各種食材問屋を調べ上げたことがある。

それゆえ甲府さま病臥の報は、決して人ごとではないのであった。

「ううむ、甲府さまが、そんなに長患いとは知らなかった。さて、まさかのう」

松田が眉を曇らせる。

まさか、毒を飼われての……とも考えているのであろう。

これまでの経緯《いきさつ》が経緯だけに、勘兵衛もまた［吉野屋］藤八から、そのことを聞いたとき、真っ先に疑ったことだ。

松田が言う。

「稲葉老中は、そろそろ京より戻られたはずだが……なあ」

「相変わらずお忙しいお方ですから、わたしが矢木策右衛門どのか、栗坂光太郎《くりさかこうたろう》どのに尋ねてみましょうか」

　矢木は稲葉老中の用人であり、栗坂は矢木の手元役である。

「ふむ。そうしてくれるか」

「はい。本日にも行ってまいります」

　と勘兵衛は答え、

「ときに、津田家老への説得は、いかがなりましたでしょうか」

　すると松田の表情は、がらりと明るくなって、

「知れたことよ。借銀のことは、あきらめさせた。国許に帰れば、さっそくにも奉加帳をまわして金をかき集める、との約束もいただいた。津田家老自身も、百両を出すと言いおったわ」

「それは無極《むごく》の首尾、おめでとうございます。ところで［那波屋］のほうには、どのような手当をなさいますか」

「そのことじゃ。無事に若の襲封が終わり、津田家老らが国許に戻るときまで引っ張って、津田家老より、借銀については国許にて執政たちに諮《はか》りたいゆえ、暫時の猶予

を、との書状を届けさせ、あとは梨の礫《つぶて》にしよう、ということになった」

「なるほど。これで安心いたしました。さすれば、あとは大目付さまからの調査結果を待つだけですね」

「そういうことじゃ」

その結果如何《いかん》によっては、福井藩の関与、すなわち大老の策謀かどうかが明らかになるのであった。

「では、さっそくにも、わたしは外桜田のほうへ行ってまいります」

「頼んだぞ」

稲葉老中の上屋敷は、外桜田御門外にある。また甲府さまこと徳川綱重の本邸も、そこにある。

勘兵衛が矢木策右衛門に会って、尋ねたところ、稲葉老中は一昨日の二十二日に京より帰参したこと、また甲府さまについては、ようやく病が癒えて、明二十五日に江戸城に上り、将軍に拝謁するとのことであった。

（つまりは、我らの疑心暗鬼であったか……）

そんな感想を胸に、再び松田役宅へと足を急がせる勘兵衛であった。

2

月替わりして八月となった。

大殿の五七日《ごなぬか》にあたる。

この日、勘兵衛は菓子折を手に、上野広小路から不忍池《しのばずのいけ》を左に望みながら、提灯《ちょうちん》店《だな》、仏店《ほとけだな》と通って上野山下《うえのやました》の道に入った。

いわゆる奥州街道と呼ばれる道筋だ。

だが、この道筋には、いささかつらい思い出がある。

このずっと北方にある、下谷三之輪村《したやみのわむら》には投げ込み寺として知られる浄閑寺《じようかんじ》があった。

その寺の片隅に、勘兵衛が密かに建て、塩川七之丞の知恵を借り〈水分塚《みくまりづか》〉と名づけた鎮魂の塚がある。

葬られているのは、ゆえあって命を落とした、直明ぎみの元小姓頭であった丹生新吾《にゆうしんご》に、その両親と弟、それに新吾と縁の深かった林田久次郎《はやしだきゆうじろう》の五人が、誰にも知られることなく眠っていた（第七巻：報復の峠）。

そのことは松田に伊波利三、塩川七之丞だけが知っていて、伊波は、いずれ花を手向《たむ》けに行こう、と語ったものだが、いまだ、その機会はこなかった。

とつおいつと、そんなことをも思い出しながら勘兵衛は東叡山車坂門《とうえいざんくるまざかもん》、屏風坂門《びょうぶざかもん》と過ぎ、現龍院《げんりゅういん》前を右折した。

東へと続くその道は、左右に寺寺とつづく、浅草新寺町《あさくさしんてらまち》と呼ばれるところだ。

向かうは下谷黒鍬町《くろくわまち》、いや実際のところは黒鍬町などという町名はない。

坂本村の片隅にある黒鍬之者大縄地《おおなわち》、そこに大目付直属の黒鍬者であり、増上寺掃除番の菊池兵衛の組屋敷があった。

菊池兵衛は、いつからか増上寺から姿を消し、松田とは過日に、あるいは稲葉老中屋敷あたりに中間として潜り込んでいるのではないか、と推量したりもしていた。

松田とは古く、大野藩にとっても恩義ある人物で、勘兵衛自身もこの菊池から多くの情報を得ている。

それゆえ八朔《はっさく》の日には松田が、四年前からは勘兵衛が、それを引き継いで、なにがしかの贈り物のしるしを届けるのが習わしとなっている。

そう、きょうは、その八朔の日であった。

古くは、農家でその年に取り入れた稲の穂などを、主家や知人などに贈って祝っていたのが、やがて武家やら商家にも伝わり、上下関係なく贈り物をし合う習慣が生まれている。

この習慣は現代にも伝わって、お中元、という形で残っている。

だが、ここ江戸での八朔は、さらに一段と深い意味合いがある。

というのも、この八月一日が、徳川家康が江戸に入った日にあたるからだ。

だからこの日は幕府の祝日で、諸侯、幕臣は総登城して、太刀と御馬代と称する金《きん》子《す》を将軍家に献上することになっている。

これを〈八朔御祝儀〉というのだが、いまだ忌中の越前大野藩においては、ご遠慮、という形をとっていた。

ようやく下谷黒鍬町に入り、菊池家を訪ねると、そろそろ前髪も取れようかという年ごろの少年が現われた。

菊池の子息であろうか、勘兵衛は初めて見た。

「拙者は、越前大野藩の落合勘兵衛と申します。八朔のご挨拶にまいった次第でございます」

「それは、わざわざ痛み入ります。母を呼んでまいりますので、しばし、お待ちを」

声変わりの最中であろうか、かすれ声で返し、やがて菊池の妻女が姿を見せた。

勘兵衛が会うのは、これが四度目である。

勘兵衛は、いつもどおりの八朔祝いの口上を述べ、金二両を忍ばせた菓子折を差し出した。

「いつも、いつも、かたじけないことでございます」

深ぶかと腰を折る妻女であった。

黒鍬者は御譜代席ながら、俸給はわずかに十二俵一人扶持、二両の金は、まことにありがたいものにちがいない。

「では、これにて失礼を申し上げます」

一礼して踵《きびす》を返そうとした勘兵衛に、

「あの……もし」

妻女が呼び止めた。

「はい」

「あの……、うちの人は、達者でおりますでしょうか」

「さて……」

勘兵衛は首を振った。

実は菊池の行き先を、勘兵衛のほうこそ知りたかった。

しかしながら菊池は密偵でもあったから、妻女に尋ねるのも憚られたのだ。

妻女が言う。

「ああ、これは失礼を申し上げました。いえ、もしやして、とお尋ねしたまでございます。留守はいつものことながら、半年に一度ほどは、なんらかの連絡《つなぎ》があるはずが、この一年ばかり無音《ぶいん》が続いておりましたものですから……」

「なに、菊池さまのことだから、きっと達者でおられましょう。あるいは遠方で、連絡の手だてが見つからぬのかもしれません」

勘兵衛は、慰めのことばとして言ったのだが、その菊池兵衛が、まさか大和郡山にいるなどとは、夢にも思いもしなかった。

3

嵐の前の静けさ、というか、このところ平穏な日日が続いている。

だが勘兵衛には、少しく気になるできごとがあった。

数日前のことである。

勘兵衛が、いつものように愛宕下屋敷の切手門から入ろうとしたとき、二人の供侍を連れた津田家老に、ばったりと出会った。

「これは津田ご家老さま、おはようございます」

おそらく江戸見物にでも出かけるのだろう、くらいに考えた勘兵衛は、そう挨拶したのだが――。

津田信澄は、ひとことも発せず、どころか完全に勘兵衛を無視して、そのまま立ち去った。

（はて……？）

江戸屋敷到着の折には、あれほど愛想の良かった、同じ津田家老とも思えぬ態度だった。

（この、激変ぶりの理由はなんだ……？）

あるいは［那波屋］の一件のせいか、とも考えられたが、どうにも腑に落ちない。

考えに考えた末……。

（もしや）

と、浮かんだ可能性がある。

昨年の十月、勘兵衛は深川の蛤《はまぐり》稲荷《いなり》に於いて、永年の仇敵である山路亥之助を討ち取った。

その亥之助の遺体は、結局のところ身許不明となって、無縁仏として葬られている。だが、山路亥之助を熊鷲三太夫と変名させて、大和郡山本藩・本多政長を狙う暗殺団の頭目に仕立てた、支藩江戸家老である深津《ふかつ》内蔵助《くらのすけ》なら、誰の仕業か、と推し量ったかもしれない。

これまでの経緯もあり、なにより手練れの亥之助を一刀の下《もと》に倒した、となれば、まず浮かび上がってくるのは勘兵衛であった。

翻《ひるがえ》って、つい先日に津田家老は、福井藩江戸屋敷老女の鈴重と［那波屋］に於いて会っている。

また、酒井大老と大和郡山支藩は、昔よりつうつう、はたまた福井藩ともつうつう、と考えれば――。

（あるいは……）

山路亥之助を討ったは落合勘兵衛、と鈴重の口から津田信澄に伝わった、とも考えられる。

（いや。迂闊なことに……）

亥之助を追っていた時期も、討ち取ったあとも、勘兵衛は一度として亥之助と津田信澄を結びつけて考えることはなかった。

しかし……。

よくよく考えれば亥之助の父は、元郡奉行の山路帯刀、そして母は津田信澄の三女であった。

つまりは、亥之助は津田信澄にとっては甥なのであった。

(まさかなあ……)

自らの憶測の筋道を検証すれば、屋上屋《おくじょうおく》を重ねたような気もしないではない。

結果、勘兵衛の胸は空空漠漠《くうくうばくばく》、なにやら模糊《もこ》とした雲に覆われたようで、どうにも気色が悪い。

そこで思い切って松田に尋ねてみた。

「異なことをお尋ねしますが、あの山路亥之助のご母堂は、今も国許にお住まいですか」

「なんじゃ。なにごとかあったか」

「いえ、そういうわけではありませんが、ちょいと気になりましたもので」

「ふうん。たしか、ゆりどのと申されたかのう。亭主が銅山不正の儀で討ち果たされ、御家は断絶となったのちは、亥之助の妹と二人、郊外の山里に逼塞《ひっそく》して暮らしておるはずだが……」

「さようでございますか」

「うん。そのはずじゃがなあ……」

その日は、それで終わった。

ところが翌翌日、二勤一休で松田役宅に顔を出した勘兵衛に、松田が言う。

「山路亥之助の母のことだ」

「なにか、わかりましたか」

「もしやと思うたが、武太夫が知っておった」

「さようで」

「ふむ。婚姻のため昨年に、武太夫は国帰りしたじゃろう。その折に、昔の朋輩《ほうばい》から聞いたそうじゃ」

穴馬《あなうま》街道中道《なかみち》の若生子《わかご》の番所に、武太夫の昔の朋輩が詰めているとき、亥之助の母と妹、それに従者の三人が揃って国を出たという。

それが、二年前の雪解けのころだったそうだ。

「母の名は、ゆり、これは先日に言うたのう。妹の名は、ちどり、というそうじゃ。で、その行き先じゃが……」

「はい」

「下総国《しもうさのくに》の行徳《ぎようとく》だったそうだ」

「ははあ、行徳……」

江戸に出てきて、行徳の塩、というのを耳にしたことがあるが、勘兵衛には無縁の地であった。

「亥之助の姉は、ちづる、という名だそうじゃが、十五年ばかりも昔に、なんでも行徳代官のところに嫁いだそうでな。つまりは、亥之助の母と妹は、そのちづるを頼って国を出たのであろうな」

「では、今は、その行徳の代官のところに……」

定めなき世、とはいうものの、亥之助の家族の有為転変《ういてんぺん》に、自らが関わっていたことに、勘兵衛は胸が痛む。

と――。

「勘兵衛!」

松田が、やや厳しい声を出した。

「は!」

「人生の来《こ》し方を思うて心苦しく思うのは、還暦を過ぎてのちのことじゃ。今のおまえには似つかぬことと知れ。今は、人生を切り開いて進むに、振り返るときではない」

「……」

どうやら顔色を読まれたらしい
（まだまだ未熟だ……）

勘兵衛は、喝《かつ》を入れられた気分になった。

「ところで行徳代官といえば、伊奈半十郎《いなはんじゅうろう》の家来筋になるな」

「関東郡代の……ですか」

「さよう。行徳も幕府直轄領の内だからな。釈迦に説法かもしれぬが、関八州の天領を管轄するのが関東郡代、代代、伊奈家の当主が、この任にあたっておる」

蛇足《だそく》ながら、これより百数十年が経ったころ、関東郡代は廃止されて、関八州見廻役や関東取締出役が設置される。

（そういえば……）

馬喰《ばくろ》町《ちょう》にある初音馬場《はつねのばば》の北と、柳原通《やなぎわらどお》りの間に広大な屋敷があって、土地《ところ》の習いで〈郡代屋敷〉と呼ばれているが、これまた勘兵衛には無縁のところであった。

「それよりな。勘兵衛」

「はい」

「昨夜になって、塩川益右衛門どのから返書がきたぞ」

「え、まことでございますか」

「まこともまこと。おまえの父御との連名じゃ」

「それにしても、早うございましたな」

松田と二人して、苦労の末の文面を大名飛脚で送ったのが、先月二十三日の早朝、その返事が昨夜に届いたということは、わずかに十四日間であった。

大名飛脚は、夜に日を継いで、中継ぎをしながら駆けに駆け、五日ほどで越前大野に至る。

すると、調査期間は、せいぜいで四日足らず、驚くべき早さと言わねばならない。

「ふむ。我らの書状に、よほどのことと感じられたのであろう。目付衆を総動員して調べられたのじゃろう。いや、ありがたいことじゃ」

松田は言いながら、執務机の上に置かれた書状に一礼したのち、

「読んでみよ」

「よろしゅうございますか」

「もちろん」

書状が勘兵衛に手渡された。

4

渡された書状を読み進めながら――。

(なんと!)

刮目《かつもく》すべき内容であった。

新保浦の相木惣兵衛のところに、福井藩国家老、狛貞澄の用人である萩野正房が訪ねて渡り、さらに津田家老へと渡った、例の[那波屋]への紹介状と同じものらしき書状が、続続と見つかっている。

相木惣兵衛と同じく新保浦の両林平左衛門と石渡市郎右衛門《いしわたりいちろうえもん》、さらには丹生郡《にゅうぐん》新保浦庄屋平兵衛《へいべえ》、はたまた六呂師村《ろくろしむら》庄屋の丸山与助《まるやまよすけ》。

つまりは、新たに四人の借銀先へ同様の書状が渡っていたことになる。

松田が言った〈例の[那波屋]への紹介状のことだが、相木惣兵衛以外にもばらまかれているのではないか、と、わしゃ睨んどる〉との推量は、どんぴしゃりであったのだ。

その一方で、大野城下での両替商や大店、また大野近隣の大庄屋などからの借銀先には、その気配はなかったとのことだ。

九頭竜川《くずりゅうがわ》の西側が、ほとんどの領地である大野藩にとって、六呂師村は例外的に経ヶ岳《きょうがたけ》西麓の高原地に広がる村で、勝山《かつやま》藩領との境界地でもあった。

つまりは、飛び地の丹生郡新保浦、例外的な藩領である六呂師村に目をつけての、企みごとであったようだ。

大目付である塩川益右衛門と、勘兵衛の父である落合孫兵衛連名の書状の結びには、こう記されていた。


我が借銀先を悉《ことごと》く知るは、如何《いか》にも怪しき仕儀にて候《そうろう》故《ゆえ》、勘定方に密偵の存すると確信候《そうらわ》バ、引き続き秘奥《ひおう》しつつ内偵を致す所存也

(うーむ……)

勘兵衛は胸裏で呻き、

「松田さまの、御見込みどおりでございましたな」

「ふむ。福井が片棒を担いだにせよ、福井にはなんの益もないはずじゃから、やはり、

あやつの策だと、はっきりしたようじゃ」

酒井大老を、あやつと言った。

「それにしても、勘定方に密偵とは驚きました」

「借銀先を、すべて知っておるとなると、どうしても勘定方の役人が疑われよう。なにしろ我が藩はアチャラ（福井藩）の分家筋じゃからのう、我が家士が、アチャラの家士とは縁続きというのも珍しくはない。そんなしがらみから、密偵というほどの意識もなく、つい漏らしたとも考えられるのう」

それが松田の分析のようだ。

たしかに、そのとおりで、かくいう勘兵衛の落合家にも、福井藩内に同姓の遠い縁につながる家が多くある。

だが、もうとっくに縁は切れていた。

「まあ、これで一件は落着じゃな。津田家老も［那波屋］からの借銀はあきらめたようじゃしな」

「はたして、そうでしょうか。今回の大目付の調べの一件が、アチャラのほうに漏れたなら、また、あやつが別の手を打ちはせぬかと心配です」

勘兵衛も松田の呼び方を真似た。

「そのことは、きのうに、わしもつらつら考えてみたが、該当の借銀先が、実はこのたび……と、わざわざアチャラに報告まではすまいと思うぞ」

「それなら安心ですが、いや、しかしながら、我が領内の者が易易《やすやす》と、アチャラの策に乗っかるとはけしからん話です」

「そう角張《かどば》るではない。決して悪気はないのじゃろう。考えてもみよ。我が藩に金を貸したが、そりゃあ義理立てじゃ。利息をもらうわけでもなく、いつ返してもらえるかもわからんのだからのう。そこにアチャラから、次に借銀にきたならば、この書状を渡せば、江戸の本両替商が借銀を肩代わりしてくれて、借銀が戻ってくるぞ、との甘言を吹き込まれれば、誰にても話に乗って当然じゃ」

「なるほど……」

(松田さまには、まだまだかなわぬ……)

改めて勘兵衛は思い知った。

5

その後の勘兵衛には、ようやくに平穏な日日が戻ってきた。

三日に二日は松田役宅に顔を出したのち、残る一日は町宿から直接に、江戸の市中を歩き噂を集める。

人の噂も……、ともいうが、すでに〈京橋の仇討ち〉の噂は影をひそめ、今はもっぱら今月早早に触れが出た、茶屋女の規制についての愚痴が多い。

茶店の妻、娘も含めて給仕女は二名まで、また衣服は布木綿以外は認めない、との触れであった。

そんななか――。

「あなた」

園枝が、近ごろ、ようやく板につきはじめた呼び方で声をかけてきた。

「はいよ」

「間もなく十五夜ですが、今年はどういたしましょう」

「ふむ、その日は大殿の四十九日の法要で、わたしは松田さまと下屋敷のほうに出かける予定だが……。そうだなあ、もう忌明けと考えて、ささやかにやろうか」

「それで、よろしゅうございますか」

「大食いの八次郎もいることだ。たいへんだろうが、団子は多めにな」

「承知いたしました」

「わたしも楽しみしておるぞ」

園枝の居室となっている、二階の六畳間からは西空が見えて、恰好の見物場所となってい た。

さて、その八月十五日、無事に大殿の四十九日の法要も終え、幸いの晴天もあって、見事な仲秋の名月を勘兵衛は堪能した。

その二日後には、昼過ぎに大きな地震があった。

たまたま在宅し、園枝と談笑している際のことで、

「きゃっ！」

園枝が思わず悲鳴を上げて、勘兵衛にしがみついてきたほど大きな揺れであった。

幸いに町宿は無事で屋根瓦が数枚、庭に落ちた程度の被害ですんだ。

そろそろ秋霖《しゅうりん》がはじまる時期で、雨漏りがあってはたいへんなので、さっそく八次郎を平川武太夫の住居で世話になった、大鋸町《おがちょう》に住む大工棟梁の長六《ちょうろく》のところに使いをやっている。

このときの地震について『徳川実紀《とくがわじっき》』には、〈この日大《おおい》に地震す。三十年来の地震といふ〉と記述されている。

八次郎を長六のところに使いにやったのち、勘兵衛は愛宕下の上屋敷に向かった。

まず松田役宅を外から見上げたが、いつもと変わりはない。

まずは一安心して役宅に入り、地震の被害のほどを松田に尋ねると、

「なに、たいしたことはなさそうじゃ。いま普請方が、屋根に登って瓦の具合を確かめさせているところだが、たいしたことはあるまい。おまえのほうはどうじゃ」

「はい。さしたる被害はございませんでした。瓦が数枚落ちて割れた程度で、例の大鋸町の大工棟梁のところへ修繕を頼みに、八次郎を向かわせました」

「おう、たしか長六とかいうたな。ふむ、もし本殿の瓦に異常があるようなら、普請方に任せると、また無駄金を使おうから、こちらも長六に頼もうかな」

藩庫が乏しいのを知ったばかりだから、松田も真顔になって言った。

それから松田は笑いを滲ませた声になり、

「武太夫がな」

「はい」

「昼餉の片づけに、ちょうど、この執務部屋におったのだが、ぐらぐら揺れだしたところで、そこのおまえの座布団を頭から被り、突っ伏して震えておったわ」

「ははあ……」

その光景を想像して、勘兵衛の頬もゆるんだ。

「まあ、人には苦手なものが、一つや二つはあるそうだが、武太夫は、よほどに地震が苦手なのじゃろう」

「そういえば、六月の末にも地震があって、平川どのは怯えておりましたなあ」

「そう、そう。あの折はチョンの間だったが、きょうのは長く揺れたでのう。昨年来、地震が増えたような気がするが、なにかの異変の予兆かのう」

と言っているところに、再びの揺れがきた。余震というやつだ。

「なに、たいしたことはない。どこか遠方で起こった地震であろうな」

長年の経験からか、松田が断じた。

「ところで平川どのは？」

先程来、平川の耳も憚らず、あけすけに松田が話すのが気になっていた。

「おう。揺れが収まったのち、普請方に屋根の点検を伝えにやったのち、住まいの様子を見にやらせたが、まだ戻ってこぬのう」

「ああ、そうでしたか」

普段は細やかな気配りをする松田が、あけすけに話したのは、そんな理由からであったらしい。

ところで、この日の地震は松田の断じたとおり、現代の宮城県北部沖で起こったマグニチュード7・5の地震の余波で、東北地方の広範囲に被害をもたらしたが、幸いにも死者は一名を数えたものだった。

その翌朝、勘兵衛が町宿での日課の真剣稽古を終えたころ、来客があった。

「おや。これは忠兵衛《ちゅうべえ》どのではないか」

小間物屋、［吉野屋］藤八のところの番頭であった。

「はい。朝も早くから押しかけまして、申し訳ございません」

「なんの。まあ、お上がりください」

「いえ。この玄関先で十分でございます。それより昨日は、大揺れでございましたが、ご被害はございませんでしたか」

「それは痛み入る。なに、被害らしい被害はない。そちらのお店《たな》のほうは無事でしたか」

「はい。おかげさまで無事でございます。ところで主人より、書状を預かってまいりました次第です」

懐から、一通の書状を取り出した。

「それは、それは……。ご苦労なことでありましたな。ほかにご伝言などは、おありかな」

「特段には、ございませぬ。なにかとご多忙のみぎり、いつかお暇な折にでも、ふらりとお立ち寄りくだされば望外の喜び、と言うておりました」

「承知した。いずれは、お邪魔をするつもりだ」

「はい。主人も喜びましょう。それでは、これにて失礼をいたします」

(先の頼みごとの返事にちがいあるまい)

そう踏んだ勘兵衛が、玄関先で慌ただしく書状の封を切ると、まさにそうだった。

[那波屋]の手代をようやくに籠絡し、昨晩、料理茶屋で尋ねたところ、[那波屋]では福井藩に対して大名貸しをしたことはない、との内容であった。

(ふむ)

これで、大老から福井藩へ、そして福井藩が仲立ちしての謀略だったことが、明らかとなった。

この傍証を一刻も早く松田の耳に……。

朝食もそこそこに、愛宕下へ向かう勘兵衛であった。

甲府宰相綱重《つなしげ》の死

1

翌日には、長六手配の瓦職人がやってきて、露月町の屋根瓦を修繕した。

また翌翌日には愛宕下、江戸屋敷の軽微な被害の修復も終えている。

ちょうどその日に、幕府《おかみ》から、直明ぎみに襲封の許しが出て、きたる八月二十八日に登城せよとのことであった。

「やれやれ、これで一段落じゃ」

「祝着至極《しゅうちゃくしごく》でございます」

ほっとした声の松田に、勘兵衛も和した。

「なにはともあれ、またしばらくは忙しゅうなるぞ」

「さようでございますな」

「まずは、若ぎみ……いやさ、もう殿さまか。殿には、こちらへ移ってもらわねばならぬ。もっとも四十九日の法要の際に、上屋敷へ移る準備を怠りなく、と伊波利三に言うておいたから、そうドタバタはせぬと思うがな」

「さようでございましたか」

法要のあと、松田はなにごとか伊波と話し合っていたが、そういうことだったらしい。

松田の周到な心遣いもあってか、もう翌日の昼過ぎには、松平直明と正室の仙姫《せんひめ》および、付家老の伊波利三、小姓組頭の塩川七之丞とその配下の小姓が五名、それに仙姫付きの御女中が三名の、計十二名が愛宕下の上屋敷に入っている。

このとき直明は二十三歳、仙姫は二十一歳であった。

以前、直明が、たびたびの鳥滸《おこ》の沙汰を起こしていたころ、夫妻は不仲に見えたが――。

先月に勘兵衛が芝の増上寺にて、利三と七之丞との密談の折に聞いた話では、〈近ごろは夫婦仲、きわめて良好〉とのことであった。

この日、上屋敷の主立った家士にくわわり、勘兵衛も松田とともに新たな殿を出迎えている。

「さて六日後には、いよいよ殿が江戸城に上《のぼ》り、家綱公に襲封を謝し奉るのだが、それまでには大方の新体制を整えねばならぬ。つまるところ殿の御前にて、わしと江戸家老の間宮どの、それに両津田家の五人で協議することになるのだが、できれば明日あたりにと考えているんじゃがのう」

　いったん役宅に戻った勘兵衛に、松田が言った。

「すでに、腹案はございますのでしょう」

　勘兵衛にすれば、伊波利三の新役職が気になっている。

「まあ、心づもりはあるが、協議が終わってみないと、これぱっかりは、なんとも言えぬなあ」

「そうですねえ」

　元は江戸留守居役であった間宮定良が、江戸家老として取り立てられたのは六年前のことである。

　その江戸留守居役の後釜に座ったのが、松田だった。

（そんな間宮さまを押しのけて……）

　と、勘兵衛の推量は続く。

片やの伊波利三が直明付き家老となったのが三年前……。

（しかも、二十五歳と年若い……）

とても、江戸家老に横滑り、というわけにはいかないであろうな、などと勘兵衛は考えている。

その翌日――。

勘兵衛は、松田の執務部屋の縁側で読書しながら、じっと松田が戻ってくるのを待っていた。

松田は本殿御座の間において、新藩主の体制について協議中であった。

ずいぶんと長くかかろう、と覚悟をしていた勘兵衛であったが、意外に早く松田が戻ってきた。

「いかがで、ございましたか」

さっそくに尋ねた勘兵衛に、松田はにやりと笑い、

「伊波のことが、気になるのであろう」

「はい」

素直に答える。

「ふむ。江戸家老見習、財政逼迫《ひっぱく》の折から加増はなし、と決まったぞ」

「そうですか」

してやったり、と勘兵衛は嬉しい。

「塩川七之丞は小姓組頭のままで、大殿の小姓組頭と交替し、やはり加増はなし。元の小姓組頭は江戸側役とし、これまでの小姓たちは半数を残して、あと半数は新たな江戸側役の部下とした」

「ははあ」

これまた、嬉しい結果であった。

「元の江戸側役は老齢ゆえに隠居として国許へ戻し、その部下たちは適当に役務替えをすることにした」

「なるほど」

「また御供番は、国許に三十二名、この江戸には十三名おるが、これは元どおりとし、藩主付きの奥女中も従来どおり、ただし、大殿お手つきの御女中は、すべて仙姫さま付き御女中に移すことになった」

「ははあ、それで殿には、納得なされましたか」

「そんなはずが、あるまい。不服たらたらであったが、今は財政逼迫の折、下屋敷に残してきた御女中の内から、是非にもと望む者あらば、長局《ながつぼね》に迎えましょう。また、おおいに、新たな御女中をくわえるほどに、しばしのご辛抱をと申したら、しぶしぶながら承知しおった」

「それは、重畳《ちょうじょう》なことでございました」

松田にとって直明は、赤子のころから手許に置いて育て上げていたから、ついついぞんざいな言葉遣いになる。

また直明のほうも、松田は父親のような存在であったから、松田には頭が上がらない。

ところで長局というのは、奥女中の部屋のことで、仙姫の居所は、あるじ不在で長らく使われていなかった化粧の間であることから、姫付きの御女中は化粧の間長局に住むことになる。

「どうじゃ。これで、一銭の金も使わずにすんだ。間宮家老も津田の両家も、異存はなかったぞ」

「やはり、国許の財政逼迫が明らかとなって、文句のつけようもなかったのでしょう。さすがは松田さまです」

「おべんちゃらを言うな。なにやらムズムズするではないか」

「おべんちゃら、などとは、とんでもない」

勘兵衛にしてみたら、代代、名誉職みたいな津田両家はさしおき、江戸家老とも実力の差は歴然、と思っている。

　こうして、新しい藩主での新体制は、ほぼ固まった。

2

　八月二十八日、松平若狭守《わかさのかみ》直明は大名分の津田左衛門富信と家老の津田図書信澄に付き添われて江戸城に上り、将軍家綱に拝謁した。

　さらには三日後の九月一日には、直明にとっては初となる月次《つきなみ》御礼での登城を無事に終えている。

「まあ、なんとかなるものじゃ」

　一息ついたように松田が言い、

「ところで津田両家は、明日にも出立するそうじゃ」

　国許へ戻るらしいが、津田信澄の勘兵衛への態度は相変わらずで、勘兵衛のうちには、小さなしこりが残った。

　晩秋に入ったこの季節、町宿の右隣に建つ本道の医師、土岐哲庵《ときてつあん》の庭から垣間《かいま》見える柊《ひいらぎ》の木に、ぽつぽつと白い花が咲きはじめた。

主の土岐哲庵とは、会えば挨拶を交わす程度だが、幸いにして、いまだ世話になったことはない。

しかし隣家が医者というのは、なにかにつけて心強い。

さて公務に一段落ついた勘兵衛は、[吉野屋]藤八を訪ねて礼を述べたあと、近間の小料理屋に席を移して歓談し、互いに酒を酌み交わしている。

また延び延びになっていた、園枝とともに水入らずで遊ぼう、との想いも果たした。

まずは浅草奥山《おくやま》に遊び、町宿に残してきた八次郎やおひさたちへの土産に待乳山《まつちやま》聖天宮の麓地にある[鶴屋]で、浅草名物の〈およね饅頭〉を求めた。

そののち花川戸の料理屋[魚久]に立ち寄り、料理を堪能している。

新藩主となった松平直明は、近ごろ忙しい。

きょう九月九日は重陽《ちょうよう》の節句で、大名、諸士は五ツ(午前八時)どきに江戸城に上って重陽の祝いに参加しなければならない。

その日、勘兵衛は長らく顔を出していない小野派一刀流《おのはいっとうりゅう》の[高山《たかやま》道場]に顔を出し、久方ぶりに師範代の政岡進《まさおかすすむ》と稽古しようと思ったのだが――。

「おや、小太郎《こたろう》ではないか」

その道場で縣《あがた》小太郎と、ばったり出会った。

「あ、落合さま。いや、まことに御無沙汰をいたしております」

縣小太郎は縁あって、勘兵衛が国許の越前大野から江戸に連れてきた若者で、十八歳になる。

その後、勘兵衛の仲介で昨年の十一月には、福井藩四代藩主・松平光長の隠し子であった、松平直堅《なおかた》家の家士に取り立てられて、四十俵の俸禄を得た。

だが、その仕官に骨折ってくれた家老格の比企藤四郎《ひきとうしろう》は、もうこの世にはいないし、墓所さえ定かではなかった。

「いや、元気そうでなによりだ」

「おかげさまで……。それより、大殿さまがご逝去なさり、なにかと大変でございましたでしょう」

「うむ。まあ、なにかとあったが、代替わりも無事終えた。そうそう、葬儀の折も、こたびの襲封の節にも、そちらの殿さまや永見《ながみ》家老も見えられたそうだが、会えずじまいでな。それより、ここへは、ときどき顔を出しておるのか」

「はい、普段は新保さまから稽古をつけてもらっておりますが、十日に一度くらいは、こちらのほうへ……」

「そうか。ところで、みんなに変わりはないか」

「はい。殿さまも、志津《しづ》の方《かた》さまも満《まん》姫さまも、みな元気でいらっしゃいます」

「ん……。志津の方とは、おしず……いや、側室《そばめ》の志津子……さまのことか」

「さようで……」

おしずは、割元《わりもと》稼業（口入れ屋）の［千束屋《ちづかや》］政次郎《まさじろう》の一人娘で、望んで松平直堅家の御女中に入り、この正月に直堅との間に女児を得た。

（すると、まん姫とやらは、その女児の名か……）

そこまでは勘兵衛も知らなかったが、思い返せば感慨深い。

直堅が、まだ権蔵《ごんぞう》という名で福井にあったとき、越後高田藩から刺客が放たれたと知って出奔《しゅっぽん》し、大叔父である亡き大殿を頼って江戸にきた。

その後、いろいろとあったが、三年前に越前松平家の支族と幕府に認められ、将軍にも謁見して松平直堅の名と従五位下、備中守《びっちゅうのかみ》の官位も得たが、捨て扶持わずかに五百俵、屋敷を与えられることもなく、直堅こそ福井藩の正嫡と信じ、福井を脱藩してきた士、五十人余りは、内職仕事に精を出して直堅家を支えてきた。

そんな苦労が実を結び、二年前には捨て扶持も五千俵と増えて旗本並、さらに昨年の十一月には賄い料一万俵に増え、ついに江戸定府の大名並となったが、いまだ屋敷は与えられていない。

「息災でなにより……。で、紺屋町のほうはどうだ」

勘兵衛が小太郎と一緒に江戸へ連れてきたのは、小太郎の腹違いの弟やらを含めて係累の七人もいて、大和郡山本藩の江戸家老用人である、日高信義の紺屋町の陰宅を譲り受けて住んでいる。

「はい。おきぬさん、はじめ変わりなく……。仕立て仕事も順調で、弟や妹は寺子屋通い、豆腐屋で修行している留三《とめぞう》さんが、一人前の豆腐職人になったら、あそこで豆腐屋を開くと張り切っております」

「そうか。それは楽しみなことだ。もし、今度会うことがあったら、おきぬさんによろしく伝えてくれ」

「承知しました」

おきぬは、小太郎にとって義母みたいなものだが、勘兵衛にとっては「吉野屋」藤八と出会うきっかけを作ってくれたことになり、まことに人の縁とは、不思議なものであった。

「では、わたしは政岡さんと稽古をいたすゆえ、またいずれ会おうぞ」

「しばし、見物をさせていただきます」

「あいわかった」

竹刀の音が飛び交うなか、勘兵衛は道場見所《けんぞ》に座する政岡のほうに近づいていった。

やがて政岡進との剣稽古がはじまった。

門弟たちは壁際からの見物だ。

稽古といっても、勝負ではない。

勘兵衛が故郷で修行した夕雲流《せきうんりゅう》は、〈相ヌケ〉といって引き分け、あるいは相打ちを理想とする不思議な流派であった。

それゆえ、打てる、とわかっていても打たず、ただ防戦一途に振り絞る。

政岡のほうも、それをよく知っているから、さまざまな形で攻撃をする。

その攻撃をかわし、あるいは受け止め、稽古は小半刻も続いた。

互いに汗びっしょりになって、政岡は言う。

「いや。五度や六度は打ち据えられおりましたな」

「それほどではないでしょう」

「いやいや、その度に間合いをはずされましたな」

さすがに政岡は、よくわかっている。

裏の井戸端で身体を拭い、着替えて道場を出ようとすると、まだ小太郎がいた。

「いや。見事なものでございました」

「いやいや。久方ぶりの稽古で、まだ本調子ではないのだが……。ところで、わたしにまだ話でもあるのかな」

「はい。お時間がございましたら、少し……」

「そうか。じゃあ、少し小腹も空いたことだし、例の、ほれ大横町の……」

「[ひさご] でございますか」

「そうそう、そこにて話を聞こう」

[ひさご] はかつて、この小太郎に仕官の意思はあるか、と尋ねた料理屋であった。

昼餉には遅く、夕餉には早いという時刻だから、[ひさご] は空《す》いていた。

奥の小上がりにあがり、女将に勧められるままに、煮豆に蛤《はまぐり》の時雨煮《しぐれに》と冷や酒を注文した。

「で、話というのは？」

「はい。比企藤四郎さまのことです」

「ほう」

「実は過日、永見ご家老のもとへ、父君から書簡が届いたのですが……」

「永見どのの父御？」

「はい。福井藩の元家老で、福井にて我が殿を預かっておられた御仁です。それが我が殿の出奔を防げなかったばかりか、嫡男の……つまり我が家老の永見吉兼《よしかね》さままで脱藩させた罪を問われ、由緒ある家柄であるから御家断絶は免れましたが、家禄を半減のうえ隠居を命じられたそうです」

「ふうむ……」

そこへ酒肴と酒が運ばれてきたので、しばし黙した。

「手前酌でやろう」

「はい」

それぞれの盃を酒で満たしながら、小太郎が続けた。

「で、永見ご家老に届いた書簡ですが……」

「うむ」

「比企さまの脱藩で、比企さまのご実家は改易処分になったそうなのですが……」

「そこらあたりの経緯なら、よく知っておる。藤四郎どのも、大いに悩まれておったでな。父君の名は比企数馬義重《かずまよししげ》というて、四百石取りの御先武頭まで務められた方だ」

「よくご存じで、実は、その義重さまが、先般、福井の執政宛に願い状を出したそうです」

「はて、どのような？」

　酒は注いだものの盃は膳にあり、箸も取らずに勘兵衛は聞き入る。

「なんでも、義重さまは娘の嫁ぎ先である山原《やまはら》家の次男、つまりは義重さまの孫を養子に迎えたうえで、我が嫡男の不始末につき、御家断絶が筋目ですが、先般、家名によって嫡男を殺害いたしましたにより、養子をもって相続をお許し願いたい、というような内容だったらしゅうございます」

「なに、家名によって、だと……！」

　勘兵衛の裡に、むらむらと怒りがこみ上げてきた。

「結局のところ、その相続願いは許されて、改易処分は解かれぬものの、御家断絶は免れたそうでございます」

「ふうむ……」

（そうか。比企家は御家断絶を免れ、いつかは御家の再興を、目指しておるのであろうな）

　怒りを抱いた胸に、今はさまざまな想いが去来する。

　勘兵衛は盃を手に取ると、

「藤四郎。以《もっ》て瞑《めい》すべし、だな」

言って、一気に盃を干した。

「それから比企藤四郎さまの亡骸《なきがら》ですが……」

「お、墓所でも知れたか」

「はい。殺害の場所は板取《いたどり》の宿場外れにある愛宕神社の近く、で、愛宕神社の傍らに名は入れず、戒名だけの墓標を建てたそうでございます」

「そうなのか」

「はい。その戒名というのが……」

言って小太郎は、懐から紙入れを取り出しながら……。

「いや。戒名というのは難しく、とても覚えきれませんもので……」

などと言いつつ、小さな紙片を取り出した。

「どれどれ」

勘兵衛が見ると、そこには〈浄入圓郭居士〉と記されていた。

（じょうにゅうえんかくこじ……と読むのか？）

いずれにせよ、墓所は知れた。

板取の宿場は、勘兵衛も何度か通った。

(藤四郎、いつか、必ず詣でるからな)

心のなかでつぶやいた。

3

神田祭を見物に行こう、と急遽決まったのは、祭りの前日にあたる九月十四日の夕べのことだった。

――あすは神田祭でございますよ。

との言い出しっぺは、やはり八次郎であった。

――去年は、風邪という御利益をもらってきたなあ。

――あのときは雨でございましたから……。

と、八次郎が弁明する。

園枝付き女中のおひさが、どうしても見物したいと申し出たので勘兵衛が許可して、八次郎とおひさは雨のなか祭り見物に出かけて、八次郎は風邪を引いてしまった。

(ふむ……)

そういえば勘兵衛も、山王祭は見物したが、天下祭りのひとつである神田祭は見物したことがない。

初夏のころ、園枝とまた山王祭を見に行こう、と約束をして果たせず、それを浅草で遊び［魚久］に連れていったのが先日のことで、それで帳消し、と考えていた勘兵衛だったが、ふと心が動いた。

（あす十五日は、月次御礼で殿が江戸城に上がるのだが……）

だからといって、勘兵衛がなすべきことはなにもない。

――しかし、そうとうな人混みであろうな。

――そりゃあ、もう。といっても神田界隈だけのことでございますが。

当然でしょう、と言わんばかりの八次郎である。

――適当な見物場所はあるのか。

――そうでございますなあ。御輿や山車《だし》、それに附祭《つけまつり》は神田の町町を練り歩くのですが……。

――待て。その附祭とやらは、なんのことだ。

――それこそが一番人気の出し物でございますよ。曳《ひ》き物と呼ばれる巨大な張りぼての人形の後ろから、流行の衣装をまとった踊り子たちの行列が、音曲《おんぎょく》に合わせて練り歩くのです。それが神田明神氏子の各町内から出るわけで、なかでも秀逸なのは

〈大江山凱陣《おおえやまがいじん》〉とか〈大鯰《おおなまず》と要石《かなめいし》〉とか〈牛若丸奥州下り《うしわかまるおうしゅうくだ》〉とか……。

——わかった、わかった。なるほど楽しげではあるなあ。

——そうでしょう。で、見物場所でございますが、行列は田安御門から江戸城の御曲輪《くるわ》内に入りますゆえ、それより手前の鎌倉河岸《かまくらがし》あたりが、混雑はいたしますが、ひろびろとしていて適当ではないかと思います。そうですねえ、時刻は四ツ半（午前十一時）見当でございましょうか。

——そうか。では、松田さまのお許しが出れば、全員で見物してみようか。

——では、さっそく、松田さまのご意向を尋ねてまいりましょう。

はや浮き足立っている八次郎に、勘兵衛は苦笑するしかない。

で、そのことを園枝に伝えると、

——まあ、おひさも、さぞ喜びましょう。楽しみでございます。で、どのような支度をすればよろしゅうございましょうか。

——鎌倉河岸まで、半里以上はあるからなあ……。

（女の足では、半刻（一時間）以上はかかろうな……）

問題は、昼餉をどうするかだった。

八次郎の口ぶりでは、神田界隈は混雑して、どの食い物屋も満員は必定……。

（なに、日本橋からこちらは、さほどのこともないだろう。なんとでもなる）

結局のところ、勘兵衛はそう踏んで——。

——なに、支度などは、なにもいらぬ。ただ、そうとうに混雑するようだから、足ごしらえだけには気をつけるといいだろう。

ということになって、やがて八次郎も戻り、

——松田さまには、ゆっくりと遊べ、とのおことばでございました。

それで翌日、勘兵衛たち一行は鎌倉河岸へ向かっている。

幸いに天気は薄曇りながら、雨が降りそうな気配はない。

一行は日本橋を渡って室町に入り、さらに北上したのち、銀町《しろがねちょう》（のち本銀町《ほんしろがねちょう》）二丁目の辻を左折した。

この道筋は、明暦《めいれき》の大火後に防火のため、東西八丁（八七〇㍍）にわたって二丈四尺（七・三㍍）の高さに築かれた土手があり、これは〈銀町土手〉と呼ばれている。

だが元禄《げんろく》四年には、この土手はすべて取り壊され、跡地を開削して竜閑川という運河に変わった。

現代には竜閑川は埋め戻され、本銀町の地名も消えて、日本橋室町四丁目の内となっているが、江戸時代の初期、銀細工職人が多かったことから、この地名がある。

さて一行の歩む先では、御堀端に突き当たる。

そこを右に入ると、もう鎌倉河岸だ。

まさに鎌倉河岸は人人人で溢れかえっていたが、念のために勘兵衛が用意していた折りたたみ床几が功を奏して、順番に床几に立っては、見物を堪能した。

正午に近く、行列の最後尾が過ぎると、鎌倉河岸から、見る間に人波が四散して引いていく。

祭りは、まだまだ続くのであろうが、勘兵衛たちは帰途につくことにした。

本石町《ほんこくちょう》あたりを通りかかったころ、折しも間近の〈時の鐘〉が、正午を報せる捨て鐘を突きはじめた。

日本橋を北から南へ渡りながら、勘兵衛は八次郎に尋ねた。

「どうだ。腹はもちそうか」

「まだ、しばらくは大丈夫ですが……」

言って後ろを振り返り、

「長助爺ぃ、飯はたっぷり残っているのか」

「いえ、たっぷりとは申せません」

との飯炊きの長助の返事を聞いて、

「だ、そうです」

持って回った八次郎の返事に、勘兵衛が苦笑していると、園枝が言う。

「これ、八次郎さん。食べ物に関しては、そなたが一番に詳しかろう。良きところがあれば、旦那さまに勧めてはどうじゃ」

すると八次郎、

「さようでございますかぁ。実は尾張町《おわりちょう》に近ごろ［芋川屋《いもかわや》］なる店ができまして、鶏肉がたっぷり入った、平打ちうどんが人気と聞き及んでおります」

「ほう。平打ちうどん、とは初耳だ。どんなうどんだ？」

「さて、読んでのとおり平たく打ったうどんのようですが、一人前が四十八文と高価なもので、まだ食ってはおりません」

勘兵衛は振り向き、園枝に尋ねた。

「下世話な食い物屋のようだが、かまわぬか？」

「はい。あなたと一緒でなければ、入ることもできない店のようです。ぜひにも……」

「そうか。じゃあ、まあ話の種だ。よし、そこにしよう」

ということになった。

といっても、尾張町は京橋を越えて、まだ先にある。

で、［芋川屋］なる鶏肉入りの平打ちうどん、出汁《だし》が味噌仕立てと、醬油仕立ての二種類があり、一人一人に土鍋で出てくる。

現代で言うなら、鶏肉入りのきしめんなのだ。

おかげで腹も膨れたし、なにより暖まった。

［芋川屋］から露月町の町宿までは、もう指呼の距離、そこに驚愕させる報が待っていようとは、露知らない勘兵衛であった。

4

露月町の町宿の入り口、立て板塀吹き抜け門の鍵を開けた八次郎が、

「や。あんなところに……」

「うむ」

勘兵衛も気づいた。

建屋入り口、庇下の石畳の上に、小石を包んだような紙片が転がっていた。

何者かが、吹き抜け門の下の隙間から転がし入れたものらしい。

「これへ」

「はい」

しゃがんだ八次郎が拾い上げた物が、勘兵衛に渡る。

紙片には墨が滲んでいる、連絡文のようだ。

手早くほどいてみると――

御留守のようにて、また夕刻にでも　御尋ねいたし候

との文に丸に八の字があった。

(八郎太どのか)

とっさに八次郎の兄と判断して、勘兵衛が言う。

「江戸屋敷へ向かう。そなたらは、ゆっくりくつろいでおれ」

また来る、というから急用ではないようだが、小石を八次郎に渡し、紙片を懐にねじ入れてから、勘兵衛は踵を返した。

八郎太がきた、ということは、松田からの使いに相違ない。

(なにごとか、あったにちがいない)

松田には、きょうの祭り見物のことは伝え、ゆっくりと遊べ、とのことだったが、どうも胸騒ぎがした。

いつものごとく、江戸屋敷切手門から入った勘兵衛が、松田の執務室の襖ごしに、

「勘兵衛でございます」

「おう、入れ」

いつもの、松田の落ち着いた声が応じた。

「思うたより、早い帰着だったようじゃな。どうじゃ。祭り見物はできたか」

「はい。それより、八郎太さまを使いに出されましたか」

「おうさ。差し迫っての急用というわけではないので、明日にても良かったのじゃがなあ。平たく言えば、後の祭り、ということよ」

「後の祭り……？」

「ふむ。聞いて驚くなよ。実は昨日のうちに、甲府宰相が急逝したそうじゃ」

「えっ！」

思いもかけなかった報に、勘兵衛は、しばしことばを失った。

甲府宰相綱重、現将軍の弟ぎみにあたり、老中・稲葉正則が次期将軍にと幾度も進言をしては、酒井大老につぶされてきた、という人物である。

松田が続ける。

「このことは、きょう、殿が江戸城に上がった折に耳にしたことだ」

そういうわけか、と勘兵衛は納得した。

「しかし、あまりにも急ではございませんか。長患いをしていた甲府さまが、病が癒えたご挨拶に家綱公にご挨拶したのが、たしか先月の二十五日、それから、まだひと月とは経ちません」

「そうじゃろう。なにしろ、まだ三十五歳、という若さじゃ」

「いや、どうにも、怪しゅうございます」

「やはり、毒を飼われたと見るか」

急に小声になった。

「おそらくは……」

「といって、我らには、手も足も出ぬ。ここそこ動いて気取られでもすれば、厄介なことになろうでな。くわばら、くわばらじゃ」

「はあ」

勘兵衛とて、もどかしい気分だが、どうしようもない。松田が言うとおり、後の祭り、ということだ。

「じゃが、甲府さまの頓死《とんし》については、甲斐甲府藩でも調べようし、稲葉さまも動こう。おいおいに情報は入ってこよう」

「それは、そうでしょうが……、もし万一にも……」

言いよどんだ勘兵衛に、

「庭にでも出るか」

気を利かして、松田が言う。

手元役、平川武太夫の耳を遠ざけるためだ。

「館林《たてばやし》さまに、万一のことあれば……と考えたのじゃろう」

松田が、的確に勘兵衛の考えを代弁した。

現将軍に子はないから、若年寄の堀田正俊は、次期将軍には館林の綱吉《つなよし》を、ともくろんでいる。

「はい。そうなれば、いちばん得をするのは、大老以外に考えられません」

酒井大老は、現将軍の二人の弟の母親が、下賤の身ゆえに将軍にはふさわしくない、と公言はしないまでも、いわゆる〈酒井党〉の面面には述べており、これは知る人ぞ知る存念であった。

今は絶大な権力を有した大老であるが、もし甲府、館林のいずれかが次の将軍ともなれば、自身の更迭《こうてつ》は必至と読んでいるはずだ。

ならば、自分の手で次期将軍を擁立すれば、子孫の代まで栄耀栄華《えいようえいが》を得られよう。

と、酒井大老がもくろんでいると、勘兵衛たちは憶測していた。

「ところで、寡聞《かぶん》にして申し訳ないのですが、甲府さまの跡目は、どうなっているのでしょうか」

「ふむ。ご子息の綱豊《つなとよ》さまじゃ。これにもいろいろとあってのう」

「と、申しますと……?」

「そうよの。そう細かいところまでは知らぬのじゃがな。甲府さまは若いころ、名前までは知らぬが家臣の娘を寵愛されての。虎松《とらまつ》という男児をもうけている」

「ははあ」

「ところが、どこぞの公家《くげ》から正室を迎えるにあたって、憚りありということで、虎松は甲府藩家老の新見正信《しんみまさのぶ》に預けられ、虎松は甲府で新見左近《さこん》と名乗っていたそうじゃが、正室との間に子ができぬうちに、その正室が亡くなってしもうて……」

言って、松田はしばらく考え込んでいたが——。

「そう、そう。あれは今の殿が正式に世子と認められ、わしと一緒に江戸に戻ったのが寛文七年（一六六七）、それより三年ののちのことじゃから、寛文十年のことじゃな。

憚りのあったご正室も亡くなったことだし、甲府さまの一子は江戸に呼び戻されて、世子となったのじゃ」

「いやあ、よく覚えておられますなあ」

勘兵衛が感心した声で言うと、

「なに、左門とよく似た経緯ゆえなあ」

左門とは殿の幼名で、十二歳になるまで正式な世子とは認められていなかった。

「くわえて、甲府さまのところでは、世子を立てるにあたって騒動があったのじゃ。なにしろ内紛の多いところでなあ」

「騒動とはどのような」

「ふむ。甲府の家老二人が、左近は早世《そうせい》(若死に)しており、こたび世子となった左近は新見正信の実子なり、と幕府に訴え出たのじゃ」

「ほほう」

「結果は両家老の曲事《くせごと》とわかり、流罪となっておる」

「馬鹿な話ですねえ」

「まったく……。なんでも、新見正信という家老に権力が集中するのを妬《ねた》んでのことらしいがな。いや、妬み、やっかみ、というのは、まこと恐ろしい。おまえも重重に気をつけるのだぞ」

「はい」

「で、左近の話に戻るが、つい二年前に元服し、家綱公の偏諱《へんき》を受けて徳川綱豊となっている。まあ、以上じゃ」

「いろいろとご教示、ありがとうございました」

「なんの。我が日録をめくれば、もっと詳しいことも書き留めていようがの。そうじゃ、おまえもそろそろ、覚え書きなどはじめてはどうじゃ。人間の記憶など、いたってあやふやなものじゃからのう」

「ご勧告、ありがとうございます。さっそくにもはじめてみましょう」

勘兵衛も、折折には手控えを書き留めていたが、これを機に日録をはじめてみようか、という気になった。

「夕刻も近いせいか冷えてきた。座敷のほうに戻ろうかの」

松田が言って、二人して執務部屋に戻った。

5

執務机の定位置で、松田が言う。

「現将軍の弟ぎみが亡くなったとなると、殿には気の毒だが、しばらくは御登城願わねばならぬな。一応は、御家門連枝の端くれであるからなあ」

「ははあ、幕府の顔色を窺うわけですね」

「そういう言い方は良くないぞ。お気色《けしき》を伺う、というのじゃ」

「これは、失言をいたしました」

この六月に東福門院死去の報が届いたときも、御三家をはじめ、在府の大名、四品《しほん》（従四位下以上）より上の位階を有する旗本が、連日、江戸城へ上ったと聞いていた。

「ちょっと、おかしなことをお尋ねするようですが……」

「なんじゃ」

「はあ、実はきょう、鎌倉河岸で神田祭を見物したのですが、あの祭列は田安御門から江戸城の御曲輪に入ると聞きました」

「ふむ。天下祭りじゃからなあ」

「上さまの、ご舎弟が亡くなられた翌日に……？」

「それと、これとは別物じゃ。なにより大奥の御台《みだい》さま、はじめ上臈《じょうろう》御年寄が楽しみにしておるからのう。ま、幕府の年中行事というものは、よほどのことがないかぎりは執り行なわれる、ということよ」

「そのようなもので、ございますか」

「そのようなものよ」

江戸に出て、まもなく、まる六年になろうとする勘兵衛には、まだ知らないことが多多あるようだ。

越前大野藩、新藩主となったばかりの松平直明は、松田が言ったように、翌九月十六日、十七日と〈お気色伺い〉に登城した。

その十七日には、幕閣より、あすよりは登城に及ばず、との令が出たそうだ。

その夕には、甲府宰相綱重公の遺体が出棺され、小石川の傳通院《でんつういん》に埋葬された。

そして二十七日から翌十月一日までの三日間、傳通院にて法要と、まことに摩訶《まか》不思議《ふしぎ》な次第となっている。

たしかに傳通院は、徳川家康の生母を葬るために建立した寺院で、将軍家ゆかりの菩提寺《ぼだいじ》ではあるが、なにゆえ江戸市街を遠く離れた地に埋葬したのか。

それも、死後、わずかに四日目に、人目を避けるように出棺し、即日に埋葬と、謎は謎を呼ぶのであるが、揚げ句の果ては謎のままに帰している。

わずかに縁《よすが》を追うとすれば、寛文《かんぶん》九年（一六六九）に二十二歳で亡くなった、綱重公ご正室の隆崇院《りゅうそういん》（関白・二条《にじょう》光平《みつひら》の娘）が、傳通院に葬られている、くらいだろうか。


いささか寄り道をしてしまった。

松田から、手を出すな、と釘を刺されていた勘兵衛だが、甲府さまの死因が、どうにも気にかかるし、もどかしい。

もう、これは勘兵衛の性分なのだ。

そこで思い立ったのが、堀留町《ほりどめちょう》二丁目に住む町医者の乗庵《じょうあん》であった。

乗庵と初めて会ったのは、まだ勘兵衛が猿屋町の町宿にいたころ、行き倒れの老武芸者を助けて町医者を呼んだときだ。

その老武芸者こそ百笑《どうめき》火《か》風斎《ふうさい》、勘兵衛に伯耆流《ほうきりゅう》の奥義〈磯之波《いそのなみ》〉の抜刀術や、秘剣〈残月の剣〉を伝授してくれた恩人でもあった。

それはともかく、以後、勘兵衛自身も深手を負って手当てをしてもらったりして、乗庵とは親しくなった。

あるときには、福井藩から贈られた〈一粒金丹《いちりゆうきんたん》〉の鑑定やら、近くは妻敵討ち《めがたきう》で江戸にきていた、父子連れの元浜松藩士、坂口喜平次《さかぐちきへいじ》父子の面倒を見てもらったこともある。

(ほぼ、一年ぶりになろうかな)

勘兵衛が、その乗庵を雨のなか訪ねたのは、甲府さま頓死の報を聞いた三日後、九月十八日のことであった。

ほんとうは、もう少し早く訪ねたかったのだが、一昨日、昨日と雨続きで、つい二の足を踏んだのだ。

ところが今朝も雨、どうやら秋霖の時期に入ったらしい。

無地の番傘を左手に、爪掛《つまがけ》をつけた連歯下駄を履いた勘兵衛は、土産を右腰に下げ、日本橋を渡り右折して、雨にもかかわらず賑わっている魚河岸の道を東に向かう。

雨といってもパラパラ雨で、いわゆる涙雨のうえ風もないから楽は楽、だが降ったり止んだりが三日も続いているから、ぬかるみはひどい。

やがて東堀留川を荒布橋《あらめばし》で渡り、照降町《てりふりちよう》を通って親仁橋《おやじばし》を渡る。

このあたりより先は、勘兵衛にとっては、さまざまな思い出の詰まる場所だが、勘兵衛の足は左に曲がって、新材木町の河岸道を北へ、この河岸道は杉森稲荷への道でもあった。

河岸道のどん詰まり付近が堀留町二丁目、ようやくに乗庵宅に着いた。

町医者の家だから、表戸は開いている。

がらりと開け、広い三和土のところから、

「ごめん！」

声をかけると、見知らぬ若者が顔を出した。

「落合勘兵衛と申します。乗庵先生はご在宅かな」

「しばし、お待ちを」

言って若者は姿を消したが、やがて――。

「まあ、これは勘兵衛さま。お久しぶりでございます」

次に顔を出したのは、ご新造のお稲《いね》であった。

「いや。こちらこそ御無沙汰でございました。して、乗庵先生はご在宅ですか」

「はい。おりますとも。どうぞお上がりください」

「では、失礼をして……。ああ、これはつまらぬ物ですが」

八次郎を使いに出して、善右衛門町にある京菓子屋［福嶋屋《ふくしまや》］の〈窓の月〉を土産に差し出した。

「まあ、これはご丁寧にありがとうございます。そちらのほうに水盥《みずたらい》と雑巾がございます」

「いや、それには及びません」

道ぬかるみの日だから、三和土には盥洗《かんせん》用の水を張った盥《たらい》と雑巾が用意されていた。板張りに腰を下ろした勘兵衛は、連歯下駄を脱ぐと泥に汚れた足袋を脱ぎ、それを懐にしてから廊下に上がった。

ぷんと薬剤の匂いがする医療部屋ではなく、お稲の案内した先は、以前にも何度か通された座敷だった。

「やあ、足元の悪いなか、ようお越しくだされた」

相変わらず白皙《はくせき》の乗庵が待っていた。

無沙汰の挨拶をしようとする勘兵衛を、手で制して乗庵は、

「無沙汰はお互いさまでございます。まずは座布など、お当てになってくだされ」

素直に用意された座布団に、勘兵衛は正座した。

いずれ茶菓など運ばれてこようから、まずは当たり障りのない世間話からはじめる。

「そう申せば、勘兵衛さまの御家にては、いろいろと大変でございましたでしょう」

と、乗庵。

「はい。しかし、新しい殿に、無事に相続の儀が整いまして、やっと落ち着いております」

「それは、ようございましたな」

「ところで先ほど、新顔の若者に迎えられましたが……」

「ああ、安二郎《やすじろう》でございましょう。なに、例の坂口さまが復帰なされて、新たに雇い入れた者でございますよ」

「あ、なるほど」

妻敵討ちの坂口喜平次は、年老いて辞めた乗庵のところの雑用係の代わりで重宝《ちようほう》がられていた。

だが勘兵衛の協力で、無事に妻敵を討ち果たした坂口は、元の浜松藩に復帰したのだ。

「そう、そう。坂口さまといえば、この八朔の日に、ご挨拶に見えられましたよ」

言われて、勘兵衛も思い出した。

その日、勘兵衛は黒鍬町の菊池兵衛のところに八朔の挨拶に行って留守をしていたが、坂口が町宿にやってきて、いつもの手土産である山葵《わさび》漬けを置いていったことを思い出した。

「もしや、山葵漬けですか」

言うと乗庵は愉快そうに笑い、

「はい、はい。いつもの……〈浜松特産の米麴《こめこうじ》を使って製しましたる山葵漬け〉でございますよ」

坂口の口調を真似て、また笑った。

そんなところに、お稲が茶と茶菓を出して下がっていった。

いよいよ、本題に入る。

「ところで、本日は、ご教示願いたいことがあって、参上いたした次第」

「なんでしょう」

乗庵も改まった。

「先生は、芫菁という毒物をご存じでしょうか」

「はて、げんせい……。毒物ですか」

「そう、聞いております。虫の道教え、いわゆるハンミョウが有する毒だとか」

「ははあ、斑猫《はんみよう》ですか」

乗庵はしばし考え、

「うむ。『本草綱目《ほんぞうこうもく》』に、その項がありましたな」

「失礼ながら、先生の読まれた『本草綱目』は和訳されたものではありませんか」

「はい、たしかに和刻本、貝原本《かいばらぼん》と角書《つのがき》があるものですが」

「たしか唐《から》、いわゆる支那《しな》の国では青斑《あおはん》猫《みよう》と呼ばれ、芫菁というのは唐渡りの猛毒と聞いております」

「ははあ、青斑猫……、それなら耳にしたことがございますなあ。毒性については寡聞にして知りませんが、西洋にては、主に催淫剤として使われると耳にしたことがあります」

「なんと、催淫剤ですか」

思わず勘兵衛は絶句した。

勘兵衛としては、芫菁の致死量について尋ねたかったのだが、これ以上、芫菁にこだわると、かえって怪しまれるのではないか、と考え直した。

そこで、方向を変えることにした。

「たとえばフグの毒とか、石見銀山《いわみぎんざん》とか、毒物はいろいろとありましょうが、身体に入ると、必ず死ぬとは限らないでしょうね」

「もちろんです。量によりますね。たとえば猫いらずですが、大量に服しますと、即死とはいきませんが、腎臓をやられて、本人の体力次第ですが、まずは一日、二日で死に至ります。逆に少量であっても、これを続けていきますと、いずれは中毒が進み、命を落とすことになりますね。歌舞伎などでも、石見銀山を少しずつ飲ませての殺人が演じられておりますが、実際に、そのようにして起こる殺人は、枚挙にいとまがないほどです」

「微量であっても、続けて服用すれば、ということですか」

「そういうことです、まあ、毒と薬は紙一重、ごくごく少量ですと薬になることもありますが、連用してはいけません」

「なるほど……」

(そうか)

勘兵衛の内に、仮説が生まれた。

ごく微量の芫菁を食事に混ぜることを続けていくと、だんだんに中毒症状が出て、病で倒れる。

病の間は芫菁の供給を止め、やがて症状が落ち着いて回復する。

すると、また、微量の芫菁を与えていくと、体力は衰えているから、ある日、限界に達して頓死する。

(甲府さまの場合も、これではなかったのか)

この仮説は、十分に勘兵衛を納得させるものだった。

ちなみに、石見銀山に含まれる毒素は、現代で亜砒素《あひそ》と呼ばれるもので、砒素中毒のことである。

越後騒動の前触れ

1

乗庵のところで話題に出た坂口喜平次が、中間《ちゅうげん》を使いに、都合のほどを尋ねてきたのは、勘兵衛が乗庵を訪ねた日より三日ののちだった。

いつもなら、突然にやってくる坂口にしては珍しいことだ。

（あるいは……？）

なんとなく心づくこともあって、使いの中間には、

「午後にては、いつなりとも、とお伝えください」

との伝言を託した。

それから園枝に、浜松藩の坂口どのがこられるが、茶菓などの用意はあるか、と尋

ねると、

「あいにくと、煎餅くらいしかございません」

「そうか」

そこで八次郎を呼んで、

「また、〈窓の月〉など買うてきてくれ」

「はい、喜んで」

菓子の使いをさせると、おこぼれにありつけるので、八次郎は喜び勇む。

近近では珍しく晴天の町へ飛び出していった。

そろそろ八ツ（午後二時）どきに――。

「坂口さまが見えられました」

告げにきた八次郎の目が、丸くなっている。

「そうか」

戸口に出ると、坂口父子が揃っている。

しかも揃っての羽織袴姿だ。

「やあ、これは喜太郎《きたろう》どのもご一緒か。大きくなられましたな」

「その折には、まことにお世話に相成りました」

たしか八歳になったはずの喜太郎が、深ぶかとお辞儀をした。

坂口のほうは、角張った大きな風呂敷包みを背負ったまま、喜太郎ともども頭を下げている。

八次郎の目が丸くなっていたのは、その荷物のせいだろう。

「ま、坂口どの、荷など下ろして上がられよ」

「よろしゅうござるか」

「なんの。遠慮は無用だ」

「では、おことばに甘えまして」

荷を下ろして、風呂敷包みを解いた。

長さ二尺（約六〇㌢）、幅、深さとも一尺五寸（約四五㌢）ほどの木箱であった。

「つまらぬものですが、土産でございます。我が藩特産の〈天竜茶〉でござる。ご笑納くだされ」

なるほど箱表には、〈天竜茶、五貫（約三・八㌔）入り〉の紙標が貼られていた。

（こたびばかりは、山葵漬けではなかったな）

勘兵衛は、そう思いながら、

「これは、また思いがけぬ物を……。さぞ大儀でございましたでしょう」

「なんの、これしき」

「では、遠慮なく頂戴をいたします。ささ上がられよ」

坂口父子を座敷に通した。

「実は、こたびは永《なが》のお別れのご挨拶に罷《まか》り越《こ》した次第でございます」

坂口が、しゃちほこばって言う。

勘兵衛の予感は当たっていた。

「そうですか。いよいよ大坂へ行かれるのですな」

「はい。殿には、この二十六日に江戸城に暇願いの挨拶ののち、翌日には打ち揃って大坂へと上ります」

奏者番と寺社奉行を兼任していた太田摂津守資次《おおたせっつのかみすけつぐ》は、この六月に大坂城代に任じられ、二万石を加増のうえ、所領を摂津《せっつ》・河内《かわち》などに移された。

表向きには栄転に見える、この人事だが、昨年の十一月に太田資次の招きを受けて、池之端仲町《いけのはたなかまち》にある浜松藩江戸屋敷を訪れた際に――。

すでに転任の内示を受けていた太田資次自身の口から、こう聞いた。

――見た目には、なるほど栄転じゃ。だがのう、二万石を加増されて、摂津、河内に所替えとのことじゃ。つまりは、大坂城代が我が終着点、御大老にとって目障りな者は遠ざけようという魂胆よ。

と——。

というのも資次は反酒井派で、それが目障りとなってきた大老の策であった。そして勘兵衛は、なにゆえ大老が甲府宰相、館林宰相を排除して、次期将軍には鎌倉の古例にならって、親王《しんのう》さまを担ぎ出す手もある、という、驚愕するような情報を教えてくれたのも、また資次であった。

坂口が言う。

「殿には、いま一度、勘兵衛さまと一献交わしたかった、と申しております。また、いずれ、大坂へ上る機会がござれば、ぜひにもお立ち寄りくだされ、との伝言でございます」

「いや。それは、もったいないお言葉、まことにもって痛み入ります。是非にも無事な御道中を、とお伝えください」

堅苦しい挨拶の応報は、これで終わり、あとは、あれやらこれやらの楽しい談話が続いた。

2

その後は、さしたる変化もなく十月に入った。

乗庵との会話で、甲府さま頓死の原因を、なんとなく悟った勘兵衛は、自分の内部で一応の決着をつけたが、もちろん、そんなことを松田には話しはしなかった。

そんな初冬のはじめ――。

松田に勘兵衛、そして新高八郎太、八次郎の兄弟を乗せた日除け舟は、大川を北上していた。

屋形船ほど大型ではなく、四、五人が乗れる屋根舟が日除け舟だ。

四人が四人とも、十徳《じっとく》姿であった。

十徳は、広袖ともいって羽織に酷似した防寒着である。

「やはり、冷えるのう」

十徳に、襟巻きまでした松田が言う。

「ですが、紅葉や銀杏《いちょう》は、今が盛りでございましょう」

答えた勘兵衛に、

った。


「うん、うん。そうでなきゃ困る」

勘兵衛たちが向かう先は、須崎村《すざきむら》に近い秋葉権現《あきばごんげん》で、江戸随一の紅葉の名所でもあった。

（三年ぶりだな）

［那波屋］からの借銀の件で、勘兵衛が松田と協議していたとき、〈すべて片づいたら、秋葉権現あたりで一緒に遊びたいのう〉と言った松田の言葉が、きょう実現したのである。

今朝は五ツ（午前八時）どきに、新橋《しんばし》（のち芝口橋《しばぐちばし》）に集まり、付近に屯《たむろ》している貸し舟を雇っての行楽であった。

上りということもあり、すでに一刻（二時間）近くも舟に乗っているが、ようやく両国橋《りょうごくばし》の下を通過して、左手上方に浅草御米倉が建ち並ぶ風景が見えてきたところである。

八次郎は、珍しそうに左を見たり、右を向いたりと忙しそうだが、松田が舟の桟にもたれて居眠りをはじめたので、皆は無口であった。

ようやくに〈牛の御前《ごぜん》〉と呼ばれる須崎村の船着場に着いた。

ここで舟を下り土手を上れば、秋葉権現までは五町（五〇〇メートル）ばかり。

時刻は正午前、ちょうどよい頃合いであった。

ところで〈牛の御前〉とは、昔は牛島の御崎《みさき》があって古い社《やしろ》があった。

牛島の御崎にあったため、この社は〈牛の御崎〉と呼ばれていたが、後年になって〈御崎〉が〈御前〉と読み違えられてしまった。

天文《てんぶん》のころ、後奈良天皇から〈牛御前〉の勅号を賜わって、古くから本庄と牛島の鎮守の社となっている。

ちなみに、明治になって牛島神社と名を変えたが、関東大震災で倒壊し、昭和のはじめ隅田公園に、牛嶋神社として再建されている。

それはさておいて、松田たち一行は、三年前と同じく、まずは秋葉権現参道の料理屋［青柳屋《あおやぎや》］に入った。

このあたりの名物は鯉《こい》の洗いだ、と八次郎に教えられたのも三年前だ。

さっそくに、あのときと同じく松田は〈紅葉弁当〉と竹筒酒を二人分注文し、

「好きな物を、好きなだけ食って良い。食後は近間を見物して良いが、一刻後には、ここへ戻っておれ」

注文の品を受け取ると、八郎太と八次郎に告げて、秋葉権現境内へと向かった。

勘兵衛は、二本の竹筒の紐を帯の右側にたばさんで吊るし、重箱を包んだ風呂敷包

みを左手にぶら下げて、秋葉権現の惣門をくぐる。

「おう、見事じゃのう」

「まことに……」

二人して、真っ赤に色づいた紅葉や、黄金色に輝く銀杏を見上げながら言う。

あたりは三年前と同じく、人人人の遊客《ゆうかく》であふれている。

以前と同じく、池からなだらかに斜面をなす丘陵の草地に腰を下ろし、

「さっそくにも飲《や》ろうか」

松田の声に、勘兵衛は風呂敷包みをほどき、三段重ねの重箱を並べ、重箱とともに入っていた竹猪口《たけちょく》のひとつを、松田に渡す。

「おう。酒は、それぞれ手前勝手でやろうぞ」

「承知しました」

答えて酒の入った竹筒の一本を、松田に手渡す。

松田が竹筒から酒を注ぎ、

「ふむ。よい香りじゃ。おや、こたびは、ぬる燗のようじゃぞ。こりゃ、気が利いておるな」

言って竹猪口を傾けた。

勘兵衛も一口飲むと、なるほど、ぬる燗だ。

三年前より、冷え込んでいるからだろうが、こちらのほうが香りも高く、なにより暖まってよい。

「のんびりするのう」

二人して弁当をつつき、竹筒酒を含み、池に映る樹木を眺め、また周囲の景観を楽しみ、黙黙としたひとときを楽しんだ。

やがて弁当も遣い終わり、酒も空になったころ――。

「甲府さまの件以来、稲葉さまは、ずっと苦虫を嚙みつぶしたような顔つきだというぞ」

「そうなのですか」

いったい、どこから得た情報なのかが気になったが、そこまで踏み込んでは聞けない。

松田は、松田なりに動いたにちがいない。

「そりゃ、そうじゃろうな。次期将軍には甲府さまをと担ぎ、我らから大老の手に芫菁ありとの一報を受けて、用心おさおさ怠りなく手配しておったのに、まんまと裏をかかれたわけじゃ。いわば面目は丸つぶれ、本来なら我らに、なにがしかの連絡がありそうなものじゃが、いまだに梨の礫《つぶて》というのも、そのあたりであろう。そういうわけだから、おまえもしばらくは、稲葉さま関連に接触せぬがよいぞ」

「承知いたしました」

なるほど、松田の解釈を聞くと、稲葉老中の胸中のほどが、よく理解できる。

一時は稲葉家用人の矢木策右衛門か、矢木の手元役である栗坂光太郎あたりを訪ねてみようか、とも考えていた勘兵衛だったが、よくぞ思いとどまったものだと安堵した。

「一方、若年寄の堀田さまのほうじゃがな……」

「はい」

「これまで以上に、館林さまの警衛を固めたそうじゃ」

「それは、そうでございましょうな」

「まさに鉄壁の構えらしい。まずは、急遽に厨房を二つに増やし、賄い方を増員のうえ、籤引《くじび》きにて第一厨房、第二厨房に分ける」

「ははあ……」

「そうして毎食、二種類ができると、また籤引きにて、いずれの食事を出すかを決める。決まったほうは、これまた籤引きにて選ばれた配膳係に渡され、毒味役が毒味をおこなうそうじゃ」

「念の入ったことでございますなあ」

「そればかりじゃないぞ。籤引きに外れた食事のほうは、犬に食わせて様子を窺う、といった念の入れようじゃ。さらには、それぞれの籤引きは、堀田さまのところの目付がおこなうというから、こりゃ、もう蟻の這い出る隙間もないということじゃ」

「いや。驚きました」

勘兵衛は堀田正俊には会ったことはないが、以前に松田から、目から鼻に抜けるような御仁で、それがいささか気にかかる、といった人物評を聞いたことがある。

きっと頭の切れる、だが、冷徹な人なのだろう、と勘兵衛は思った。

また同時に――。

(どうやら……)

松田が得た情報の出所は、どうやら堀田さまの御家中かららしい、と気づいたが、これは確かめるほうが野暮だと思った。

もしや、きょうの行楽は、そんな話を勘兵衛に聞かせる目的もあったのかもしれない。

3

十月も半ば過ぎ、松田が唐突に言った。

「碁など打たぬか」

「は？」

「なんじゃ。屁をこいたような返事じゃな」

「いえ、いえ、突然で驚いたまででございます。そもそも、わたしは碁を打ったこともなければ、打ち方すら知りません」

「そうなのか。そりゃいかん。武家の嗜《たしな》みとして、碁ぐらいは打てないとな。なに、わしもヘボじゃが、ひとつ、教えてやろう」

このところ平穏無事が続いていて、松田も喫緊《きっきん》の仕事もなく、退屈したのであろうか。

「では、おそれながら、ご教示を賜わりましょうか」

「よし。おい、武太夫、武太夫はおるか」

返事が聞こえ、手元役の平川武太夫が顔を出した。

「すまぬが、囲碁の準備をしてくれるか」

「はい、ただいま」

平川の姿が消えたところで、

「そう、そう」

思い出したように、松田が言う。

「昨夕に、国許から便りがあってな。例の弥四郎谷の鉱毒の始末に必要な、銀四十貫の始末じゃ」

「いかが、相成りましたか」

小判にして八百両の工面である。

「奉加帳をまわしたところ、三百十両がところが集まったそうじゃ」

「そんなにですか」

「うむ。それでの、来年一年にかぎり、八十石以上の家士の俸禄を、一割減とすることで辻褄《つじつま》が合うそうじゃ」

「それは、朗報でございますな」

「じゃがのう」

松田は、にやりと笑い、

「ということは来年は、おまえの親父さまも、当のおまえも十石ずつ、併せて二十石の減俸になるということじゃぞ」

「そんなこと、屁でもございません」

「ハハ……。よう言うた」

そんなところへ平川が、立派な碁盤と碁石を運んできた。

「そうじゃな。この座敷の中央あたりに据えてもらおうか」

松田の指示で、碁盤が置かれた。

まずは先手、後手の決め方からはじまり、松田の説明を聞きながら実際に碁を打ってみるが、これがなかなかに難しい。

「お、そこに打ってはならぬ。なぜならば……」

とか、

「お、そこも駄目じゃ。そいつはコウというてな……」

などと、およそ一刻以上も教えを受けたが、まだ完全には理解できない。

「ま、一朝一夕で、わかるものではないわ。なに、昼餉ののちに、復習といこう」

どうやら、一日じゅうつきあわされることになりそうだ。

さて、松田と二人で中食をとったのち、再び碁盤を囲むことになった。

それから一刻ばかりが経ったころ――。

松田の用人、新高陣八が襖の向こうから声をかけてきた。

「どうした。入れ」

襖から顔を出した新高陣八が、

「伊波利三さまが、お見えです」

「ほう。そりゃ珍しい。お通しせよ」

そろそろ疲れはじめた勘兵衛には嬉しい水入りだが、どこかで緊張も覚える。

「突然に、お邪魔をいたします」

伊波は入るなり勘兵衛を認め、ふと顔をほころばせたが、折り目正しく挨拶をした。

「遠慮は無用だ。ま、座られよ」

碁盤横に、勘兵衛が準備した座布団に伊波が座り、

「さっそくながら、申し上げます。つい先ほどに、出雲広瀬《いずもひろせ》藩の江戸家老、乙部勘左《おとべかんざ》衛門《えもん》さまが御来駕されました」

「なに！　乙部が……。あの乙部……さまが、か」

さすがの松田も驚いた声を上げ、勘兵衛もまたびっ、、、くりした。

乙部勘左衛門といえば、昔の我が藩の国家老で、松田と対立した因縁がある。

もう二十数年も前のことになるが、亡き大殿には五十歳を過ぎても男児がなく、国家老だった乙部勘左衛門が手を尽くし、大殿の兄にあたる松江《まつえ》藩主・松平直政《なおまさ》の次男であった近栄《ちかよし》を大殿の養子に迎えた。

ところが、その翌年には、これまた松田の尽力で、現在の殿さまが江戸に生まれている。

そのことで、いずれが世子となるのか、国を二分する政争が起こるのであるが、結局は乙部派が敗れ、松平近栄は養子縁組を解いて出雲に戻り、改めて出雲広瀬藩を創始したのであった。

そのとき、乙部派の多くは近栄に従って出雲に移ったのだが、乙部勘左衛門は、今やその広瀬藩の江戸家老となっていたらしい。

「で、乙部どのの用とはなんじゃ」

大きく深呼吸したのち、松田が落ち着いた声音を取り戻して尋ねた。

「は。乙部どのの言われるには、近ごろ越後高田藩にては、ひと騒動が持ち上がる気配ありとのこと。元は越前松平家総帥の御家のことゆえ、越前松平家に連なる家長《かちよう》相集い、仲介の労を執りたく思うので、来たる十一月一日、月次御礼で江戸城を下がったのちに、四ッ谷御門外堀端にある広瀬藩上屋敷まで、御来駕願いたいとのことでございました」

（そうか。いよいよ、服部源次右衛門さまの工作が効を奏しはじめたのだな）

してやったり、と勘兵衛は思った。

服部は越前大野藩の忍び目付で、以前に越後高田藩が仕掛けてきた、直明暗殺未遂の報復に、密かに越後高田に潜り込み、さまざまな工作をおこなってきたのである。

松田が問うた。

「ふうむ。で、乙部さまは、直接に殿に会われたのか」

「はい。江戸家老の間宮さまと、わたしめも同席をいたしましたが……」

「で、殿にはなんと？」

「はい。考えておく、とだけ……、乙部さまが退去されたのちは、行きとうない、と……。間宮さまもまた、行く必要はないと申しましたが、一応は松田さまのご意見を、と、かく参上した次第です」

「ううむ……」

松田が唸る。

勘兵衛は勘兵衛で、さすがに因縁の深い松田とは顔を合わせたくなくて、乙部さまは直接に直明に面談を申し入れたようだな、などと考えている。

「で……」

伊波は、懐から一通の書状を取り出し、

「松平近栄さまから、直直《じきじき》に殿へ宛てた書状です。乙部さまが言われた内容が綴られ、当日参加を表明されている方方の名が連ねられております」

「ほう」

伊波から書状を受け取り、目を通していた松田だったが、

「なるほどな」

ひとこと漏らしたのち手を打って、

「これ、武太夫、武太夫はおるか」

「はい。ただいま」

顔を出した平川武太夫に、

「すまぬが、また［橘屋］で〈助惣焼き〉を買うてきてくれんか。せっかくのご来客に、茶菓などもてなしたいでのう。ふむ、二折り、いや三折りをな。うち一折りは里美どのへの土産にせよ」

「それは、まことに、ありがたき幸せにございます」

にこにこ顔になって、平川は襖を閉じた。

4

伊波は怪訝な顔になったが、もしや秘事にわたる話題が出る可能性も考えた、松田の気配りであった。

（まこと、用心深い……）

自分にも、いつにても、そのように目端《めはし》を利かすことができるだろうか、などと勘兵衛は思う。

平川の足音が遠ざかるのを待ち、再び松田が口を開く。

「まずは、福井藩主の松平綱昌さま。そりゃ、そうであろうな」

すでに伊波は、書状の内容を知っているから、これは勘兵衛のための発言であろう。

「次に出雲松江藩主の松平綱近《つなちか》さま……。綱近さまは、大殿の兄上であらせられた直政さまの孫、また松平近栄さまの甥っ子にあたるゆえ、当然じゃな」

解説まで入れる。

「それから、播磨姫路藩主の松平直矩《なおのり》さま。これまた大殿の兄にあたる、松平直基《なおもと》さまのご長男じゃ。次が、なになに、長州《ちょうしゅう》藩主の毛利綱広《つなひろ》さまに、伊予《いよ》宇和島《うわじま》藩主の伊達宗利《むねとし》さまか……」

松田は、しばらく空《くう》を睨んで考えていたが——。

「しばし、待て」

立ち上がると、執務机のあたりで、なにやらごそごそ探しはじめた。

勘兵衛が伊波に尋ねる。

「長州藩といえば、外様ではないのか」

「そのはずだ。それに伊予宇和島藩もまた外様のはずだが……」

「それが、なにゆえ、越前松平家の連枝につながるのだ」

「そこだ。間宮さまも、首をひねっておいでだった」

そんな会話を交わしている間に、松田が控え帳らしきものを手に戻ってきた。

「越前松平家の同胞《はらから》に関わることを、知り得たかぎり掻き集めておるのじゃ」

言って、手作りらしい冊子をパラパラめくっていたが、

「ふむ。長州藩主の毛利綱広、御母堂は越前松平家の創始、結城秀康公の娘の喜佐姫《きさ》さま、また正室は元福井藩主、忠昌公の娘の千姫さまか。こりゃあ、なるほど、よほどに縁深いのう」

勘兵衛と伊波は、思わず顔を見合わせた。

「さて、次は伊予宇和島藩の……、おう、あったあった」

しばし冊子に目を通し、

「なるほど、宇和島藩主の伊達宗利、正室は越後高田藩主、松平光長の娘、稲《いな》姫か」

さすがに松田は、さま抜きの呼び捨てになった。

「そういうことで、ございましたか」

感心したように伊波が言い、勘兵衛もまた発言した。

「それにしても松平近栄さまは、よくよく厚顔であらせられますな。我が藩との経緯《いきさつ》もあり、また我が藩と越後高田藩との確執もご存じのはずなのに、よく、しゃあしゃあと誘われましたね」

すると松田は手を振って、

「近栄さまを、そう悪く言うではない。あのお方は、生来、まじめな気性で、純粋無垢《むく》なところがあってな。もし近栄さまが腹黒いお方なら、今の殿が世子に選ばれる以前に、無理にも抹殺しておるわ。それをせず、自ら身を引いたお方じゃぞ」

「ははあ……。さようでございましたか。思わぬ見当違いをしておりました」

あのころ勘兵衛は元服前のうえ、乙部派の郡奉行だった山路帯刀の讒訴《ざんそ》によって、父の孫兵衛が俸禄を半分に落とされたこともあったので、近栄を悪と誤認してしまっていたようだ。

「よい、よい。近栄さまを敗者と呼んでは悪いが、古来、勝者が善で、敗者が悪と考えるのが人の倣《なら》いじゃからな。だが勘兵衛、これからは、曇りなき目で公正に、人を見る目を養わねばならんぞ」

「は。心して励みます」

「とはいうものの、光長め、よほどに困って連枝筋に泣きついたようじゃな。もともとが坊ちゃま育ちゆえ、優柔不断が極まって、自ら裁断を下すことができぬのだろう。頼りは家老の小栗美作だが、こたびの騒動の気配というのが、そもそも、その小栗美作が原因ゆえ、おろおろしているにちがいない。ふむ。まこと、いい気味じゃ」

と、勘兵衛への忠告をよそに悪口を並べ立てた。

それに対して、勘兵衛は口を挟めなかったが、伊波が言う。

「いや、まさに痛快でございますね。殿さまも、間宮家老も、越後高田藩との確執を、まるで気づいておりませんから、のほほんといたしておりますが……」

そう、この江戸においては、この場にいる者以外は塩川七之丞と、忍び目付の服部源次右衛門だけが、その秘事を知っている。

「ま、いずれにせよ。そのような協議の場に、殿が出る必要はない。また、返事も無用じゃ」

と、松田が断じて、伊波は本殿へと戻っていった。

5

その後、勘兵衛は松田より借り受けた囲碁教則本を読み耽《ふけ》り、その基本だけは身につけている。

そうして月替わりした十一月十二日、この日は今年の一の酉《とり》の市で、江戸市中には人出が多い。

なかでも葛飾《かつしか》郡花又村の鷲《おおとり》大明神が、本家本元であるらしく、千住《せんじゅ》大橋から二里の距離をものともせずに、出かける人も多いと聞く。

だが、毎年酉の市の日になると、勘兵衛は少しばかり後ろめたい気持ちになった。

なによりも、園枝に申し訳ない気分にもなるのであった。

というのも、かつて［和田平］の女将であった小夜と二人、浅草田圃《たんぼ》の大鷲《おおとり》大明神まで出かけて、縁起熊手を買った記憶が甦るためだ。

この日、勘兵衛が松田役宅に顔を出したのち、一人で愛宕山に上ったのは、いつまでも過去を顧《かえり》みてしまう自分の女女《めめ》しさを反省するためだった。

以前に松田から、〈人生の来《こ》し方を思うて、心苦しく思うのは、還暦を過ぎてのちのことじゃ。今のおまえには似つかぬことと知れ。今は、人生を切り開いて進むに、振り返るときではない〉と叱咤されたのにもかかわらず、だ。

酉の市のせいか、愛宕権現社の参詣客は数少ない。

江戸市中を見渡せる、何度かきた茶屋の床几に腰掛けて、勘兵衛は別のことを考えた。

その後の町歩きで得た、町の噂を思い起こす。

先の江戸大震ののち、松田は異変の予兆ではないか、と言ったとおり、九月には水戸《みと》にて、連日の氷雨《ひさめ》が続いて田畑に大きな被害が出たこと。

また、その後には全国的に暴風雨が続き、洪水が多発したこと、などなど——。

また先月には、甲府宰相の死によって、嫡男の松平綱豊に甲府二十五万石の襲封が決まったとのことだ。

(そういえば……)

松平近栄からの誘いに返事も出さず、殿は出席もしなかったが、ついに、なんの音沙汰もない。

あきらめたので、あろうか。

そして越後高田にては、今、どのような状況になっているのだろうか。

そんなことを考えていると、いつの間にか勘兵衛の心も晴れてきた。

(おや?)

ふと、目の前を白いものが落ちてくる。

(初雪か?)

思っているうちに、勘兵衛の手の甲に風花《かざはな》が落ちてきて、みるみる雫《しずく》に変わった。

思わず空を仰ぐと、晴れ間があるのに、次次と風花が舞い流れて、勘兵衛の手の甲で露に化すのであった。

さらに季節が進み、師走に入ったある日――。

「久方ぶりに、茶漬けでも食いにいくか」

まだ朝だというのに、松田が言う。

「ははあ」

勘兵衛が小声になって尋ねる。

「芝の……?」

松田は頷き、手元の紙に〈八ツ〉と書いて勘兵衛に示した。

松田が誘ったのは、芝神明宮に近い［かりがね］という茶漬け屋だ。

［かりがね］は、松田の妾である、おこうが切り盛りする店で、ときおり密談の場所ともなっている。

（なにごとであろうか）

思いながら勘兵衛が、八ツ（午後二時）前に［かりがね］と茶色の長暖簾が出る脇の枝折《しお》り戸を開け、細長い中庭の砂利道を進むと、松田専用の奥座敷の障子が開いて、女将のおこうが顔を出した。

奥座敷には、すでに松田がきていて、いつものように庭を一望する位置の床柱を背にして、手焙りに手をかざしながら座っていた。

「おう、きたか」

松田が言い、勘兵衛が座敷に上がると、

「寒うございますから」

おこうが断わり、再び障子を閉じた。

「まずは、一局、打とうか」

見ると座敷には碁盤が置かれ、勘兵衛用の手焙りも置かれている。

こうして松田との対局がはじまり、茶と茶菓を置いておこうが去ったあと、

「実はな……」

「はい」

「昨日に、矢木策右衛門どのが稲葉老中の書簡を届けにきた」

「そうなのですか」

「うむ」

ぴしり、と碁石を打ちながら、松田が言う。

「なんでも十月に、館林公の家老で大久保某《なにがし》が、不良の挙動ありとのことで、因幡鳥取《いなばとっとり》藩の江戸屋敷にお預けの処分を受けたそうだ」

「ははあ。館林さまの家老が……」

(不良の挙動とは、なにか?)

やはり、甲府宰相頓死の原因に関わって、大老を怒らせたのか——。

などと考えていたら、

「おい。手を動かせ」

松田の叱正が飛んできた。

「これは、失礼いたしました」

勘兵衛が次の石を置くと、松田も碁石を打ちながら、続きを言う。

「続いて十一月には、甲府さまの家老の新見正信にも、処断が下されたそうだ」

「甲府さまの、ご家老にも?」

「さよう」

互いに碁石を置きながら、話は続く。

「新藩主となられた綱豊さまのお側に仕えること、まかり成らぬ。以降、甲府の政《まつりごと》に口を出すことを禁ず。すみやかに妻召し連れて甲府に戻りて閑居すべし、とのことだそうだ」

「ははあ……」

「署名こそなかったが、書簡には、横暴ここに極まれり。元凶の正体を確信す、と酒井の名こそなかったが、甲府宰相の死因について、稲葉さまも確信されたようじゃな」

「そうなのですか」

稲葉さまは、怒り心頭のようであるが、先の太田資次が大坂城代として追い払われたように、煙たいものは追い払う、というのが、大老の常套手段と知って、勘兵衛には今さら、怒りの感情すら湧いてはこない。

ただただ、因果応報というのを願うばかりだった。

どうやら、松田の話というのも、それが終わりのようで、二人は黙黙と囲碁を打ち続けるのであった。

時代小説

二見時代小説文庫

風花《かざはな》の露《つゆ》 無茶《むちゃ》の勘兵衛《かんべえ》日月録《じつげつろく》18

著者 浅黄《あさぎ》 斑《まだら》

発行所 株式会社 二見書房
東京都千代田区神田三崎町二-一八-一一
電話 〇三-三五一五-二三一一 [営業]
〇三-三五一五-二三一三 [編集]
振替 〇〇一七〇-四-二六三九

印刷 株式会社 堀内印刷所
製本 株式会社 村上製本所

落丁・乱丁本はお取り替えいたします。
定価は、カバーに表示してあります。

 ISBN978-4-576-17193-7
http://www.futami.co.jp/

早見俊

居眠り同心 影御用 シリーズ

以下続刊

閑職に飛ばされた凄腕の元筆頭同心「居眠り番」蔵間源之助に舞い降りる影御用とは…!?

① 居眠り同心影御用 源之助人助け帖
② 朝顔の姫
③ 与力の娘
④ 犬侍の嫁
⑤ 草笛が啼《な》く
⑥ 同心の妹
⑦ 殿さまの貌《かお》
⑧ 信念の人
⑨ 惑いの剣
⑩ 青嵐《せいらん》を斬る
⑪ 風神狩り
⑫ 嵐の予兆
⑬ 七福神斬り
⑭ 名門斬り
⑮ 闇の狐狩り
⑯ 悪手《あくしゅ》斬り
⑰ 無法許さじ
⑱ 十万石を蹴る
⑲ 闇への誘い
⑳ 流麗の刺客
㉑ 虚構斬り
㉒ 春風の軍師
㉓ 炎剣《えんけん》が奔《はし》る
㉔ 野望の埋火《うずみび》(上)
㉕ 野望の埋火(下)